Rodrigo Rey Rosa
Die verlorene Rache

SERIE PIPER

Zu diesem Buch

Guatemala-Stadt: ein junger Mann aus reichem Haus wird verschleppt. Sein Vater reagiert erst, als die Entführer ihrer Forderung auf schreckliche Weise Nachdruck verleihen. Juan überlebt, doch er ist für immer gezeichnet. Jahre später begegnet er seinen Entführern wieder. Was tun? Soll er Rache üben oder einfach vergessen? In einer einfachen, lakonischen Sprache erzählt Rodrigo Rey Rosa von der Schwierigkeit, moralisch zu handeln. Geschult an der schmucklosen Prosa des legendären Schriftstellers Paul Bowles – der im Buch auch als handelnde Gestalt auftritt –, entwirft Rey Rosa das Bild einer verrohten und gewalttätigen Gesellschaft. »Die verlorene Rache« ist vieles in einem: ein spannender Kriminalroman, eine herbe Liebesgeschichte, ein Sittengemälde, eine Reiseerzählung. Und über allem steht die Kunst des Autors, Grundfragen der menschlichen Existenz fast beiläufig abzuhandeln.

Rodrigo Rey Rosa, geboren 1958 in Guatemala, lebte viele Jahre in Marokko. Er veröffentlichte vier Romane und mehrere Erzählbände. Seine Bücher sind in zahlreiche Sprachen übersetzt worden. Zuletzt erschien auf deutsch »Die Henker des Friedens«.

Rodrigo Rey Rosa
Die verlorene Rache

Roman

Aus dem guatemaltekischen Spanisch von
Erich Hackl

Piper München Zürich

Ungekürzte Taschenbuchausgabe
Piper Verlag GmbH, München
Juli 2002

Titel der guatemaltekischen Originalausgabe:
»El cojo bueno«, Alfaguara, Grupo Santillana S.A., Madrid 1996

Umschlag/Bildredaktion: Büro Hamburg
Isabel Bünermann, Julia Martinez, Charlotte Wippermann
Foto Umschlagvorderseite: Getty Images/Stone
Druck und Bindung: Clausen & Bosse, Leck
Printed in Germany ISBN 3-492-23396-1

www.piper.de

Erster Teil

I

Hasenohr hatte ihn wegfahren sehen und dabei still in sich hineingelacht. Schwächling, dachte er, während er durch das kleine Fenster im Vorzimmer lugte. Er an dessen Stelle hätte sich nicht so leicht abspeisen lassen. Er hätte seinem Gegenüber – also sich, Hasenohr – auf der Stelle eine Kugel in den Kopf gejagt oder den Stock mit voller Wucht in den Nacken geschlagen. Wahrscheinlich war das auch die Absicht des anderen gewesen, aber dann hatte ihn wohl der Mut verlassen.

Nachdem er sich vom Fenster abgewandt hatte, ging Hasenohr zur Hausbar, die in einer Ecke des Wohnzimmers stand, schenkte sich einen Whisky ein und setzte sich wieder in den Armstuhl. Und wenn Juan Luis nur deshalb gekommen war, um sicherzugehen, dass sein Verdacht begründet war, und ihn dann umbringen zu lassen?

Ich werde wieder untertauchen müssen, dachte er müde, und Erinnerungen aus der Zeit der Entführung stiegen in ihm hoch. Er fühlte sich schuldig, aber nur zum Teil. Er hatte nicht gelogen, als er behauptet hatte, dass der Schreckliche auf die Idee gekommen war. Sie war ihm grundsätzlich nicht dumm vorgekommen. Sein wichtigster Beitrag hatte darin bestanden, Carlomagno und den Sepharden zu kontaktieren, die er zufällig kennen gelernt hatte, den einen bei einer Hochzeit, den andern in einer üblen Spelunke.

Er hatte sich aus jugendlichem Leichtsinn auf das Abenteuer eingelassen, und wenn er die Geschichte von dem Knall in seinem Hirn auch erfunden hatte, so stimmte doch, dass er sich im Lauf der Jahre verändert hatte. Schließlich und endlich hatte er etwas Glück gehabt. Seine Frau war zwar keine ausgesprochene Schönheit, aber sie war brav und grundehrlich, und seine Kinder hatten ihm viel Freude gemacht; es war ihnen zu verdanken, dass er die Liebe zu seinen Eltern und den Respekt vor einem ordentlichen Lebenswandel wiedergewonnen hatte.

Wenn Juan Luis den Mut gefunden hätte, ihn umzulegen, dachte Hasenohr bitter, dann hätte er ihm wenigstens die panische Angst erspart, die ihn beim Gedanken überkam, dass seine Eltern, oder seine Kinder, eines Tages hinter diese Geschichte kommen könnten. Wenn sie sich wenigstens gelohnt hätte … Aber er war immer noch ärmer als seine Eltern, und das schmerzte ihn am meisten.

Er war bereit gewesen, sich töten zu lassen, jetzt wurde er dessen bewusst. Juan Luis war unfähig gewesen, es zu tun, und Hasenohr begriff, dass dieser Unfähigkeit nicht Erbarmen, sondern tiefe Verachtung zugrunde lag. Er könnte mich immer noch umbringen lassen, wiederholte er zu sich selbst. Ich muss mich vorsehen. Er ging in die Küche, stellte das Glas ins Spülbecken und sagte auf Kekchí zum Dienstmädchen:

»Ich bin gleich zurück.«

»Us«, antwortete sie, ohne vom Schneidebrett aufzuschauen, auf dem sie ein Huhn tranchierte.

Hasenohr verließ das Haus und ging auf den Dorfplatz, um von einem der Münzautomaten am Rathaus nach Cobán anzurufen. Er wählte die Vorwahl, dann die Nummer einer Kneipe, die an der Straße nach Carchá lag und Carlomagno gehörte.

»Was, du!« rief Carlomagno. »Das ist aber eine Überraschung. Da muss schon was Schlimmes passiert sein, wenn du mich anrufst.« Er lachte.

»Rate, wer mich heute besucht hat.«

»Der Sepharde«, sagte Carlomagno wie aus der Pistole geschossen, und Hasenohr merkte am Tonfall, wie der andere erschrak.

»Warm«, sagte Hasenohr. »Juan Luis.«

»Luna?«

»Wer sonst.«

»Und? Was hat er gewollt?«

»Ich weiß nicht. Ich wollte wissen, ob er dich auch schon aufgestöbert hat.«

»Nein. Ich hab nicht einmal gewusst, dass er im Land ist. Hat er sich nicht irgendwo in Afrika herumgetrieben?«

»Er ist schon seit langem zurück.«

»Und wie hat er dich gefunden?«

»Über meine Mutter.«

»Hast du sie denn nicht präpariert?«

»Schon, mehr oder weniger. Aber die Alte ist nicht mehr ganz dicht. Was Juan Luis betrifft, ich glaube, der hat was vor. Mir schwant, er will mit uns abrechnen. Wegen der Sache mit seinem Fuß ...«

»Den kann er natürlich nicht vergessen. Aber was sollen wir jetzt machen?«

»Auf der Hut sein. Und in Verbindung bleiben. Ich werde über meine Kontakte in der Hauptstadt herausfinden, ob ein Haftbefehl gegen uns vorliegt oder sonst was Schriftliches, du weißt schon.«

»Halt mich auf dem Laufenden.«

»Du mich auch. Wir dürfen uns nicht überrumpeln lassen, darauf kommts an.«

»Und sonst? Wie läufts immer?«

»Gut, danke. Und bei dir?«

»So halbwegs. Hast du gehört? Don Chusito hat eben ein Bier verlangt.«

»Dann will ich dich nicht länger aufhalten.«

»Ciao, Hasenohr. Danke, dass du angerufen hast.«

Seltsam, dachte Hasenohr, während er vom Rathaus zur Kneipe gleich um die Ecke ging: die Beziehungen zu den andern glichen einem Knäuel von durchschnittenen und wie zufällig neu geknüpften Fäden. Carlomagno, Juan Luis. Der verfluchte Sepharde. Den würde er wirklich mit Vergnügen abmurksen, auch wenn kein Geld mehr zu holen wäre. Seine Kinder kamen ihm in den Sinn. So gerne hätte er ihnen eine gute Ausbildung ermöglicht, in Mexiko beispielsweise oder in Buenos Aires, Städte, von denen er geträumt hatte. Aber stattdessen war er in Salcajá gelandet.

Er stellte sich an die Theke und verlangte ein gut gekühltes Bier, trank es im Stehen aus, zahlte und ging zurück zum Rathaus, um ein zweites Mal zu telefonieren. Diesmal wählte er die Nummer einer Anwaltskanzlei in der Hauptstadt.

»Hallo Pedro, wie gehts dir?«

»Ah, Hasenohr. Wieder einmal ein Problem?«

»Nun ja.«

»Was ist es diesmal?«

»Erinnerst du dich an den Kunden, den ich vor ungefähr elf Jahren hatte? Ich glaub, seinen Namen brauch ich nicht extra zu nennen.«

»Was, der? Was ist mit ihm?«

»Er hat mich besucht, hier in Salcajá.«

»Und was wollte er?«

»Mit mir reden.«

»Worüber?«

»Über alles, was passiert ist.«

»Und du bist darauf eingegangen.«

»Schon.«

»Mann, was bist du bloß für ein Esel. Von wo rufst du an?«

»Von Salcajá.«

»Hoffentlich nicht von zu Hause.«

»Nein. Von der Straße.«

Der Rechtsanwalt legte auf, oder die Verbindung war unterbrochen worden, Hasenohr war sich nicht sicher. Er wählte noch einmal.

»Ich bin nicht zum Scherzen aufgelegt, mein Herr.« Der Anwalt legte wieder auf.

Am Montag darauf fuhr Hasenohr unter dem Vorwand, seine Mutter zu besuchen, in die Hauptstadt. Im Busbahnhof des Transportunternehmens Galgos rief er den Anwalt an, und sie verabredeten sich in einer Bar der Pasaje Rubio, in der Nähe des Nationalpalastes.

Der andere war schon da, als Hasenohr eintraf. Er saß an einem kleinen Tisch gleich neben der Tür, unter einer Neonröhre. Seine Haut war schmierig und blass, er hatte runde Fischaugen, und der dünne Schnurrbart verlieh ihm ein heimtückisches Aussehen, auf das er offenbar Wert legte.

»Na, du Genie«, sagte er.

Hasenohr stellte seine Reisetasche ab, dann nahm er mit einem verlegenen Lächeln Platz.

»Und?«

Der Anwalt sprach leise:

»Wie oft hab ich dir schon eingetrichtert, dass Don Luna die Sache weiterverfolgen wird. Die ganze Zeit über sind Detektive ständig nach Salcajá und Cobán unterwegs gewesen. Du und Carlomagno, ihr werdet mehr beschattet als ich. Der Alte zahlt unermüdlich, und wenn es nur deshalb ist, weil er hören will, dass die Leute ihre Gewohnheiten kaum ändern. Ich wette mit dir, er weiß, wie viele Nutten du im Las Flores aufs Kreuz gelegt hast. An dem Tag, an dem ihm danach ist, kann er euch hochgehen lassen. Ich vermute, bisher haben ihm dazu schlüssige Beweise gefehlt. Aber jetzt, wo du seinem Sprössling die Ohren vollgequatscht hast …«

»Du hast Recht«, sagte Hasenohr, »es war dumm von mir. Aber er war schon informiert.«

»Du kannst Gift darauf nehmen, dass alle Telefonleitungen in Salcajá angezapft sind. Sie werden dir das Fell abziehen, Langohr.«

»Im Ernst. Was soll ich jetzt tun?«

Der Anwalt lachte.

»Dich wehren, mein Junge, dich wehren.«

Beide nahmen einen Schluck Bier.

»Versteck dich für eine Weile«, sagte dann der Anwalt. »Aber ab sofort.«

Hasenohr schaute auf seine Reisetasche, in der er nur zwei Garnituren Unterwäsche hatte, und die Vorstellung, dass er bis auf weiteres nicht mehr nach Hause zurückkehren konnte, bedrückte ihn. Er wollte sich, so lange danach, nicht mehr erwischen lassen. Die Gesetze hatten sich geändert. Heute könnte er für das, was er vor mehr als zehn Jahren getan hatte, hingerichtet werden. Das war nicht gerecht, fand er. Er würde Carlomagno warnen müssen; es wäre auch für ihn ein Nachteil, sollte der andere verhaftet werden. Gleich nachher werd ich ihn anrufen, dachte er.

»Hast du Geld zum Untertauchen?« fragte der Anwalt.

»Nein.«

»Also du bist wirklich nicht zu beneiden.«

»Leih mir ein paar Centavos, Tiger.«

»Ein bisschen was kannst du haben«, sagte der Anwalt. »Aber du weißt schon, mit Zinsen zurück.«

»Danke.«

»Schau nachher bei mir im Büro vorbei. Und halt die Augen weit offen.« Der Anwalt legte einen Fünf-Quetzales-Schein neben sein leeres Bierglas, stand auf und ging hinaus.

Hasenohr bog von der Pasaje Rubio in die Novena Calle ein. Während des Gehens warf er sich die Tasche über die Schulter und griff mit einer Hand in die Hosentasche, nach zwei Fünfundzwanzig-Centavos-Münzen. Dann lief er über die Straße und steuerte einen Münzautomaten an, der am Eingang zu einer Bäckerei angebracht war.

»Carlomagno? Hör zu, es scheint brenzlig zu werden. Die Tante ist krank, es ist ansteckend. Man muss sie zum Arzt bringen. Okay?«

»Okay.«

»Das heißt, ab sofort Urlaub.«

»Urlaub?«

»Ja. Urlaub. U-r-l-a-u-b.«

Dann rief er bei sich zu Hause an.

»Hallo, Cuchi. Ich hab schlechte Nachricht.«

»Ist was passiert?«

»Meiner Mutter gehts nicht gut. Ich werd ein paar Tage hier bleiben, um ihr, so gut es geht, die Arbeit abzunehmen. Zu allem Überdruss ist auch noch ihr Telefon kaputtgegangen. Ich komme sobald wie möglich. Aber vielleicht muss ich zuerst noch nach Cobán fahren. Dort verkauft einer Land, und ich hab heute einen Interessenten aufgegabelt. Ich würde gern die Provision kassieren.«

»Hoffentlich klappts, Liebling.«

»Ich ruf dich wieder an. Gib den Jungen einen Kuss von mir.«

Der Anwalt hat übertrieben, dachte Hasenohr, als er im Schnellbus Monjablanca saß, vorne in der ersten Reihe. Es war Nacht, und das Brummen des Motors übertönte alle anderen Geräusche. In El Rancho würde der Bus abbiegen und durch die Sierra nach Salamá und Cobán weiterfahren. Es wäre Zeit genug gewesen, nach Salcajá zurückzukehren. Dort hätte er seine Sachen packen können, und dann würde er jetzt nicht frieren, sagte er sich, während er in das Licht starrte, das der Bus auf die Straße warf.

Als er auf dem Hauptplatz von Cobán aus dem Wagen stieg, war es fast Mitternacht. Auf dem kürzesten Weg, durch die Calle Empinada, ging er zur Pension der Familie Acuña. Dort kannte ihn das Personal noch aus der Zeit, in der er sich von den Folgen der Explosion erholte, die dem Schrecklichen und dem Tapir das Leben gekostet hatte. Damals war er in der Pension abgestiegen, um Carlomagno zu besuchen. Dieser hatte in einer seltenen Anwandlung von Loyalität einen Boten ins Krankenhaus geschickt, nachdem er erfahren hatte, dass Hasenohr mit dem Leben davongekommen war, und er hatte ihm ein Fünftel seines Anteils am Lösegeld ausbezahlt. Immerhin hab ich ihn angeworben, hatte sich Hasenohr gedacht; aber er vestand auch nicht, warum der Sepharde Carlomagno seinen Anteil gegeben hatte. Einen ganzen Monat hatte er in Cobán verbracht und mit dem Gedanken gespielt, sich hier niederzulassen, unter anderem deshalb, weil er sich wegen der Narbe schämte, die quer über seine Schläfe lief. Aber dann hatte er seine jetzige Frau kennen gelernt, die zwei Häuser und einen Getreidespeicher in Salcajá besaß, und das hatte ihn von seinem Vorhaben abgebracht.

Efraín – ein junger Kekchí, der ein Jahr lang einer evangelischen Sekte angehört hatte, und dann wieder zum Katholizismus übergetreten war – gab ihm das Zimmer mit der Nummer eins, in dem statt der sonst üblichen Stockbetten ein Ehebett stand.

»Kein Tourist weit und breit«, sagte er. »Genau heute vor einem Jahr haben sie in San Cristóbal diese Gringa gelyncht, und jetzt feiern sie den Jahrestag.« Er lachte.

»Kann man sich immer noch das Frühstück aufs Zimmer bringen lassen?«

»Natürlich.«

»Dann denk bitte daran. Morgen um acht.«

»Luvia wird sich darum kümmern.«

»Sie arbeitet noch immer hier?«

»Noch immer.« Efraín wurde ernst, dann lächelte er.

»Freut mich«, sagte Hasenohr und setzte sich aufs Bett.

»Gute Nacht, Señor.« Efraín machte einen Schritt zurück, in den Flur hinaus, und schloss hinter sich die Tür.

Hasenohr legte sich aufs Bett, und einen Augenblick lang fühlte er sich wieder jung. Es hatte ihm gut getan, sich von seiner Familie zu trennen, auch wenn es nur für ein paar Tage wäre. Die vielen Erinnerungen, die der Besuch von Juan Luis wachgerufen hatte, hatten ihn, was seine geistige Verfassung betraf, um elf Jahre zurückversetzt. Er richtete sich auf, um nach der Tasche zu greifen, die auf dem Boden stand, und zog eine kleine Plastiktüte heraus, in der er Marihuana aufbewahrte, dann entnahm er seiner Brieftasche ein Heft mit Zigarettenpapier. Geduldig legte er die winzigen Äste und die Samenkörner beiseite, wie ein Experte, bevor er sich einen Joint drehte. Er stand auf und öffnete das Fenster einen Spaltbreit, um die Körner und die Ästchen hinauszuwerfen und den Rauch in den Garten zu blasen.

Sich wehren, hatte der Anwalt gesagt. Das war das Einzige, was er machen konnte. Tief in ihm brannte die bittere Einsicht, dass seine Talente verkümmert waren, während das Marihuana ihn von Projekten träumen ließ, die er nicht hatte durchführen können. »Bah!« murmelte er, während er die Glut ausmachte, die schon anfing, ihm die Finger zu verbrennen. Er zerbröselte die Kippe, dann warf er den Rest aus dem Fenster. Das Leben war nun mal so.

Was für ein Riesenglück dieser Luna doch hatte. Er war praktisch schon hinüber gewesen, aber jetzt lebte er, und er hatte nicht nur ein Heidengeld und eine schöne Frau, sondern war auch ein angesehener Schriftsteller und konnte es sich leisten, auf alle anderen runterzuschauen. Wie viel Verachtung von ihm ausgegangen war in den paar Minuten, die sein Besuch gedauert hatte! Aber was Hasenohrs Selbstachtung am meisten erschütterte, das war die Erinnerung daran, wie sehr er Juan Luis bewundert hatte, als dieser ihn mit so großer Gelassenheit nach den Einzelheiten der Entführung gefragt hatte. Juan Luis war ihm, wie er sich jetzt eingestand, wie ein wahrhaft weiser Mensch erschienen.

Er wird uns nicht umbringen lassen, dachte er, und sein Mund verzog sich zu einem schiefen Lächeln: Es genügt schon, dass er uns verhaften lässt.

Noch in der Hauptstadt war Hasenohr, nachdem er bei sich zu Hause angerufen hatte, mit einem Taxi in die Altstadt gefahren, wo seine Mutter wohnte. Er hatte einen Schlüssel für die Gartentür, so dass er nicht zu läuten brauchte. Es war um die Mittagszeit, deshalb war der Gärtner nicht da, und Hasenohr nützte die Gelegenheit, um sein Vorhaben in die Tat umzusetzen. Er schlich in die Garage, wo der Verteilerkasten des Telefons hing, hob den Eisendeckel an und zog ein Kabel aus der Klemme. Dann ging er ums Haus, betrat es durch den Haupteingang und rief:

»Hallo, Mama! Bist du da?«

Die alte Frau kam mit einem strahlenden Lächeln und mit beschlagenen Brillengläsern aus der Küche gelaufen.

»Mein Sohn, was für eine Überraschung.«

Hasenohr legte seine Hände auf ihre Schultern und küsste sie auf die Stirn.

»Wie gehts dir? Und Papa?«

»Soso, du weißt schon. Er liegt wieder einmal. Die Depressionen.«

»Oh.«

»Und was führt dich zu uns?«

»Geschäfte. Ich muss nach Cobán fahren. Dort steht eine Finca zum Verkauf, und ich habe einen Kunden, der in der Gegend Land kaufen will. Sie haben mir eine Provision angeboten.«

»Ich freue mich für dich, mein Sohn. Eine schwere Zeit, was. Jede Kleinigkeit kostet ein Vermögen. Ob es noch lange so weitergehen kann? Ich bin sehr besorgt um euch. Um die Kinder vor allem.«

»Mach dir keine Sorgen, Mama. Wir werden uns schon durchboxen. Es könnte schlimmer sein.«

»Schade, dass du die Jungen nicht mitgebracht hast. Ich hätte auf sie aufpassen können, während du in Cobán zu tun hast. Ob sie sich überhaupt noch an mich erinnern? Sicher sind sie schon so groß, dass ich sie gar nicht mehr wiedererkenne.«

»Natürlich erinnern sie sich an dich. Aber es stimmt, sie wachsen mit einem Höllentempo. Das nächste Mal nehm ich sie mit.«

Die alte Frau schaute auf ihre Armbanduhr und ging zur Küche.

»Die Nudeln sind schon weich«, sagte sie. »Isst du mit uns?«

Die Sprungfedern des Doppelbettes waren ausgeleiert, deshalb wälzte sich Hasenohr lange herum, bevor er endlich einschlafen konnte. Um acht, als Luvia an die Tür klopfte, war er schon geduscht und fertig angezogen, aber er hatte keinen Hunger, weil er zu aufgeregt war.

»Guten Morgen, Don Armando«, sagte Luvia mit einem strahlenden Lächeln. Ihr Haar war immer noch pechschwarz und ihre Haut glatt wie die eines jungen Mädchens. »Warum haben Sie sich so lange nicht blicken lassen.«

»Hallo, Luvia. Schön, dich zu sehen.«

»Bleiben Sie länger?«

»Ich fürchte, nein. Carlomagno und ich werden eine kleine Reise machen. Wir wollen uns ein Stück Land bei Yalpemech ansehen.«

»Immer fleißig, stimmts? Ich stell Ihnen das Frühstück hierher.«

Hasenohr stürzte den Orangensaft hinunter, dann aß er ein halbes Brötchen, das er in den Kaffee tunkte.

Von der Rezeption war die Stimme von Frau Acuña zu hören, die gerade in der Pension eingetroffen war. Hasenohr wollte keine Zeit mit der Begrüßung verlieren, deshalb wartete er einen Augenblick, bis sie sich, wie es ihre Gewohnheit war, in der Küche umsah. Erst dann stahl er sich hinaus in den Flur. Er drückte Julián, Luvias jüngerem Bruder, der an der Rezeption stand, das Geld für die Übernachtung in die Hand und verließ mit geschulterter Reisetasche die Pension. Mit großen Schritten durchquerte er den tiefer gelegenen Teil der Ortschaft Richtung Carchá.

Als Hasenohr die Kneipe betrat, rannte ein zehnjähriger Junge, der hinter der Theke gestanden war, in den Hof hinaus und rief: »Papa, Papa!« Carlomagnos Frau, eine Cousine Luvias, kam aus einer der Kammern auf der gegenüberliegenden Hofseite. »Kommen Sie nur weiter, Don Armando«, sagte sie.

Hasenohr folgte der Frau in ein dunkles Zimmer, in dem Carlomagno am Rand einer Pritsche saß, vor sich einen vollen Leinensack. Hasenohr gab ihm die Hand, dann stellte er seine Tasche neben dem Sack auf den Boden. Carlomagno sagte:

»Einer meiner Jungen hat mir eben die Nachricht gebracht, dass ein Haufen Polizisten ...« Mit einem Finger malte er einen Kreis in die Luft. »Mal sehen, ob wir ihnen noch entwischen.«

»Bist du sicher?« fragte Hasenohr.

Aber Carlomagno war schon aufgestanden und griff nach seinem Sack.

»Abmarsch«, sagte er.

Wohin, wollte Hasenohr fragen, aber dann unterließ er es, nahm seine Tasche und folgte dem anderen. Zwei weitere Jungen, die offenbar im Hausflur gewartet hatten, liefen ihnen voraus auf die Straße. Sie wirkten nicht verängstigt, eher vergnügt, als würde es sich um ein Spiel handeln.

Im Indianermarsch, vorneweg die Jungen, dann Carlomagno und zuletzt Hasenohr, so hasteten sie den Gehsteig entlang. An jeder Ecke blieben die Kinder stehen und spähten nach allen Seiten, bevor sie den Erwachsenen mit einer Handbewegung zu verstehen gaben, dass die Luft rein war. Endlich erreichten sie die Brücke von Chamelco, an der ein alter Land Rover mit laufendem Motor auf sie wartete. Am Steuer saß Sean Acuña, der Sohn der Hotelbesitzer.

»Macht schnell«, sagte er. »Es wimmelt von Bullen.«

Die beiden Männer stiegen ein, und der Reihe nach gaben Carlomagnos Jungen ihrem Vater die Hand. Als Sean über die Brücke fuhr, machten sie sich aus dem Staub.

»Richtige kleine Teufel, deine Lausejungen«, sagte Hasenohr.

Sean lachte.

»Stimmt, die habens faustdick hinter den Ohren.«

Carlomagno verzog keine Miene, während er geradeaus blickte. Sean erzählte Hasenohr, dass er vor ein paar Monaten mit seinen Eltern gestritten hatte und nicht mehr in der Pension arbeitete. Jetzt verdiente er sich seinen Unterhalt damit, Touristen in entlegene Dörfer zu fahren. Er hatte noch einen zweiten Land Rover, dazu einen Chauffeur und zwei Gehilfen.

»Ich kann mich nicht beklagen. Ich fahr gern hier in der Gegend rum, und wenn mir die Touristen letztendlich auch auf den Wecker fallen, die Leute in den Dörfern sind für gewöhnlich sympathisch, sie können mich gut leiden. Mehr brauch ich nicht.«

Etwas später sagte Hasenohr zu Sean:

»Wohin bringst du uns eigentlich?«

»Nach Sebol fürs Erste.«

»Prima. Sebol gefällt mir.«

Hasenohr entspannte sich. Sein Körper pendelte zwischen den beiden anderen, nur noch der Schwerkraft unterworfen, denn jede Unruhe war von ihm gewichen. Seine Augen nahmen die Landschaft auf, sanfte Bergkuppen, wie mit Tusche gemalt, von Moos und Nebel bedeckt, und der Land Rover rumpelte über die Steine auf der schmalen Piste. Manchmal mussten sie anhalten und zur Seite fahren, knapp an eine Mauer aus übereinandergeschichteten Steinen oder an den Rand einer Schlucht, weil ihnen ein Fahrzeug entgegenkam.

Zweiter Teil

II

Juan Luis Luna war eines kühlen Novembermorgens entführt worden, als sich der Himmel, vom Nordwind reingefegt, blau und wolkenlos über Guatemala spannte. Er wurde des Geldes wegen entführt, aber nicht seines eigenen, denn obwohl es ihm an nichts fehlte, war er kein reicher Mann. Doch sein Vater war einer.

Die Entführer waren zu fünft, aber er kannte nur drei: den Tapir Barrios, das Hasenohr Brera und den Schrecklichen Guzmán, mit denen er in seiner Kindheit Freundschaft geschlossen und später gebrochen hatte. Die beiden anderen, die etwas älter waren und sich anscheinend darauf beschränkten, Befehle auszuführen, horchten auf die Spitznamen Carlomagno und Sepharde. Der eine war stämmig und hatte die Gesichtszüge eines Maya; der andere, groß und hager, hatte eine Adlernase und krauses Haar.

An einer Leine aus Nylon ließen sie ihn in eine tiefe, dunkle Grube hinab, die mit rostigen Metallplatten verkleidet war und in der es stark nach Benzin roch. Dort blieb er allein zurück, neben sich eine Taschenlampe, eine

Wolldecke, ein Exemplar der *Commedia* in der spanischen Übersetzung des Grafen von Cheste und einen Nachttopf aus Plastik. Juan Luis ahnte, dass es schlimm enden würde. Viele Fälle von Entführungen waren ihm geläufig, und er wusste, warum sich der Tapir, Hasenohr und der Schreckliche nicht die Mühe gemacht hatten, ihre Gesichter vor ihm zu verbergen: weil sie nicht daran dachten, ihn lebend da rauszuholen.

Er hatte Hasenohr und den Tapir vor Augen, wie sie im letzten oder vorletzten Schuljahr vor einer Luxusvilla im Stadtteil La Cañada standen, in der eine Geburtstagsparty gefeiert wurde, zu der sie nicht eingeladen worden waren. So lebhaft erinnerte er sich an die beiden, dass er einen Augenblick lang vergaß, was nun aus ihnen geworden war. Sie standen am Eingang, im grellen Licht eines Scheinwerfers, steckten in schlecht sitzenden Anzügen aus Polyester und trugen lange, frisch gewaschene Haare. Der Tapir brütete einen riesigen Pickel auf seiner Stirn aus, und Hasenohr hatte den skeptischen Blick eines frühreifen Jugendlichen. Sie stritten sich mit dem Türsteher, der sie nicht einlassen wollte.

Als Don Carlos Luna Nachricht von den Entführern erhielt, maß er ihr keine Bedeutung bei. Weder setzte er eine Anzeige in die Zeitung, wie sie verlangt hatten, noch zeigte er die geringste Bereitschaft, mit ihnen zu verhandeln.

Zwei Tage lang ließen sie Juan Luis hungern, aber am dritten Tag hob Carlomagno die Klappe, und Juan Luis spürte, wie Wärme in die Grube sickerte. Vom jähen Lichteinfall geblendet, schaute er mit zusammengekniffenen Augen nach oben, wo er die Umrisse einer Gestalt wahrnahm. Es war der Tapir, der mit verschränkten Armen am Grubenrand stand und auf ihn runtersah.

»Dein Alter will nichts springen lassen«, sagte er, »also wirst du uns helfen, sonst müssen wir andere Saiten aufziehen.«

Jetzt tauchte der Oberkörper des Schrecklichen neben dem des Tapirs auf.

»Papis Liebling wird ein artiges Brieflein schreiben, okay?«

Juan Luis senkte den Blick. Der Schreckliche fuhr fort:

»Du wirst schreiben, dass es dir Leid tut, wie du dich ihm gegenüber benommen hast, und dass du alles tun wirst, was er will, sobald du hier rauskommst. Hast du kapiert? Was möchtest du? Ein Sandwich? Einen Kaffee? Wir werden dir Papier und Bleistift geben, und nach dem Essen machst du dich an die Arbeit. Mal sehen, ob du zur Schriftstellerei taugst.«

Ein paar Minuten später ließen sie ihm einen Korb mit Tortillas und Bohnen hinunter, dazu eine Plastikthermoskanne mit Löskaffee. Noch später warf Hasenohr ein Blatt Papier in die Grube, einen Kugelschreiber und einen Socken, in den er zwei Batterien für die Taschenlampe gestopft hatte.

»Lass dir was einfallen!« rief er hinunter, ehe er verschwand.

Juan Luis machte die Lampe an. Dann schlug er Dantes »Göttliche Komödie« in der Mitte auf, um sie als Unterlage zu benutzen, las unwillkürlich zwei oder drei Verse und schrieb einen sehr kurzen und unpersönlichen Brief an seinen Vater. Irgendwie gab er ihm die Schuld an seiner misslichen Lage.

Seine Augen folgten den tanzenden Bewegungen des von ihm beschriebenen Papiers, das an einem Kleiderhaken, den Carlomagno an einer Angelschnur hinuntergeworfen hatte, nach oben zuckelte.

Nachts, als er sich zum Schlafen zusammengekauert hatte, flackerte in ihm einen Augenblick lang Zuversicht auf, und er dachte: Sie sind schlicht und einfach übergeschnappt. Sie halten sich für unverwundbar. Mein Vater wird ihnen das Geld geben, und sie werden mich freilassen, und dann wird man sie alle hoppnehmen.

Wieder vergingen zwei Tage, und da er auch am dritten Tag nichts zu essen bekam, wusste er, dass etwas falsch lief. Er verlor den Zeitbegriff. Als die Klappe wieder hochging, war der Himmel über ihm blau.

»Du sitzt metertief in der Scheiße!« brüllte der Tapir.

»Dein Schrieb hat nichts genützt, und jetzt müssen wir dich operieren.« Er machte einen Schritt zurück, und seine Stimme war in der Grube kaum noch zu vernehmen. Juan Luis glaubte zu hören, dass zwei oder drei Mal von einer Abstimmung die Rede war.

»Wovon redet ihr eigentlich!« schrie er, und seine Stimme hallte von den Wänden des Behälters. »Ich versteh kein Wort.«

Der Schreckliche schob seinen Kopf über den Grubenrand.

»Du kannst dir aussuchen, was wir dir absäbeln und deinem nächsten Brief beilegen sollen«, sagte er.

»Was willst du damit sagen?« rief Juan Luis.

»Genau das«, sagte der Schreckliche und bewegte die Hand vor und zurück, als würde er etwas mit einer Säge abschneiden.

Juan Luis sagte mit dünner Stimme:

»Gebt mir noch eine Chance.«

Später warf Hasenohr wieder den Kugelschreiber und ein Blatt Papier nach unten. Es klang fast freundschaftlich, als er sagte:

»Du musst dich ein bisschen mehr anstrengen. Diesmal wirds nur ein Finger oder ein Ohr sein, wir haben schon darüber abgestimmt. Aber wenn dein Alter nicht nachgibt, ist beim nächsten Mal ein Fuß an der Reihe. Oder eine Hand. Nur damit du Bescheid weißt.«

Seinen zweiten Brief schrieb Juan Luis in einer winzigen Schrift, weil er den zur Verfügung stehenden Platz nutzen wollte. Er bemühte sich, seinen Vater zu Tränen zu rühren, und er versprach ihm für den Fall, dass er mit dem Leben davonkommen sollte, fleißig zu arbeiten, um das Lösegeld zurückzahlen zu können.

Wieder warf Carlomagno den Haken mit der Angelschnur nach unten, und wieder sah Juan Luis, wie das Papier über ihm in die Höhe tanzte. In der darauffolgenden Nacht, kurz vor dem Morgengrauen, seilten sich zwei Gestalten blitzschnell in die Grube ab. Sie trugen Stirnlampen, wie Jäger oder Bergarbeiter. Es waren der Tapir und der Sepharde.

Sie blieben vor Juan Luis stehen und leuchteten ihn an. Der Tapir holte drei verschiedenfarbige Pillen aus seinem Beutel, dann eine kleine Flasche Schnaps, und Juan Luis schluckte die Pillen und spülte sie, ohne sich zu sträuben, mit dem Schnaps hinunter. Gleich darauf übermannte ihn ein angenehmes Schwindelgefühl. Sie befahlen ihm, die Schuhe auszuziehen und sich niederzusetzen.

»Die kleine Zehe am linken Fuß«, sagte der Tapir zum Sepharden. Dann wandte er sich an Juan Luis: »Komm schon, leg den Fuß hierher.«

»Aber warum denn«, sagte Juan Luis. »Der Brief wird ihn sicher überzeugen.«

»Her mit dem Fuß!« brüllte der Tapir.

Juan Luis streckte das Bein aus, und der Sepharde griff nach der Ferse und hielt sie fest.

»Es ist gleich vorbei«, sagte er mit ruhiger Stimme.

»Bitte nicht!« stammelte Juan Luis.

Nun legte ihm der Sepharde eine Klemme an.

»Damit es zu keiner Blutung kommt«, sagte er. Er zog ein kurzes krummes Messer aus der Hosentasche, bog die kleine Zehe mit zwei Fingern nach außen, und noch während der Tapir sagte: »So was geht auch ohne Betäubung«, schnitt er mit einer raschen Bewegung die Zehe ab.

»Das wars. Na, hat es wehgetan«, sagte der Tapir.

»Ich kanns nicht glauben«, wimmerte Juan Luis und hielt sich den blutigen Fuß.

Der Sepharde zog die Brauen hoch, dann ließ er die amputierte Zehe in den Plastikbeutel fallen, den ihm der Tapir entgegenstreckte.

Juan Luis spürte mehr Wut als Schmerz. Zwei Tränen liefen über seine Wangen, während er zuschaute, wie die beiden am Seil nach oben kletterten, hinein in das rötliche Licht des anbrechenden Tages. Mit dem Handrücken wischte er sich die Tränen ab, und dann merkte er, dass die Hand blutverschmiert war. Nachdem er die Klemme losgemacht hatte, zog er die Decke über sich und schlief sofort ein. Er hatte eine Reihe kurzer und seltsam glücklicher Träume.

Carlomagno – der seinen Namen dem Umstand verdankte, dass er, wie jener König von Frankreich, trotz mehrerer Versuche nie lesen und schreiben gelernt hatte – war auserwählt worden, das amputierte Glied dem Vater von Juan Luis zukommen zu lassen. Sie hatten die Zehe zwischen zwei Wattebäuschen in ein steriles Säckchen mit Druckverschluss gesteckt, und das Säckchen, zusammen mit Juan Luis' zweitem Brief, in einen Umschlag des Kurierdienstes DHL.

Nachdem ihm der Tapir in der verlassenen Tankstelle die nötigen Instruktionen erteilt hatte, schwang sich Carlomagno auf sein altes Motorrad und knatterte auf der Calzada de San Juan der Hauptstadt entgegen. Es war ein kühler Morgen, kurz vor zehn. Carlomagno war vergnügt, er trällerte ein Lied und genoss den jähen Wechsel von Licht und Schatten, während er an den Zypressen vorbeifuhr. In der Avenida Roosevelt staute sich wie immer der Verkehr, und der Stau würde sich erst am späten Abend auflösen, aber mit dem Motorrad schaffte es Carlomagno in weniger als einer Viertelstunde bis zur Eisdiele Pops de las Américas. Er dachte an das Geld. Es kam ihm unglaublich vor, wie schnell die Sache gelaufen war. Alles würde gut enden. Noch so ein Einsatz, und dann wollte er von der Bildfläche verschwinden. Er traute dem Tapir nicht ganz über den Weg. Der war halb verrückt. Er riskierte zu viel. Er war undiszipliniert. Er war eben nie beim Militär gewesen wie er, Carlomagno.

Er stellte das Motorrad vor dem Wohnpark Vistalago ab, wo es einen Münzautomaten gab. Er überzeugte sich, dass der Apparat funktionierte. In der Apotheke Hincapié kaufte er Aspirin und zahlte mit einem Geldschein, weil er Kleingeld zum Telefonieren brauchte. Er ging zurück zum Münzautomaten und rief bei Don Carlos zu Hause an. Er legte auf, als sich jemand meldete. Dann überquerte er die Straße in Richtung Plaza de la Cruz, auf der kein einziger Passant zu sehen war. Er ging auf das Denkmal zu und sah sich verstohlen um, bevor er den Umschlag von DHL mit Heftpflaster auf die Rückseite des Betonkreuzes klebte. Dann schlenderte er zu seinem Motorrad zurück und beobachtete das Geschehen. Eine Frau in kurzer Hose und T-Shirt trabte über den Platz und lief weiter Richtung Parque de Berlín. Carlomagno ging wieder zum Münzautomaten. Dieses Mal legte er nicht auf, als Don Carlos den Hörer abnahm. Er steckte sich eine Fünfundzwanzig-Centavos-Münze in den Mund, ehe er sprach.

Anschließend ging er zu Pops und bestellte Bananensplit mit Schokoladeüberguss. Während des Essens blickte er immer wieder auf die Uhr; als es elf war, drehte er, so wie es ihm der Tapir aufgetragen hatte, eine Runde um das Kreuz. Langsam fuhr er auf seinem Motorrad im Kreis, und er sah deutlich den Umschlag in den Farben Blau und Orange, den niemand abgeholt hatte.

Um fünf Uhr nachmittags versammelten sie sich im Büro der verlassenen Tankstelle und berieten, was nun zu tun sei.

»Die Instrumente kann ich besorgen«, sagte der Schreckliche. »Was brauchen wir?«

Der Sepharde antwortete mürrisch:

»Auf alle Fälle eine Elektrosäge. Und Morphium.«

»Kein Problem«, sagte der Schreckliche und nickte zufrieden.

»Okay«, sagte der Tapir, während er zum Zeichen, dass eine Entscheidung getroffen war, die Hände auf die Schreibtischplatte legte: »Also der Fuß.«

Du kannst dir nicht vorstellen, wie entsetzt ich war, als ich erfahren musste, dass keiner meiner Briefe in deine Hände gelangt ist, schrieb Juan Luis. *Angeblich hat man dir mitgeteilt, dass meiner letzten Nachricht eine Zehe von mir beigelegt war, und trotzdem sollst du es unterlassen haben, sie abzuholen. Selbstverständlich weigere ich mich, dieser Behauptung Glauben zu schenken; aber falls sie stimmt, will ich versuchen, aufs Neue dein Herz zu erweichen. Ich schreibe diese Zeilen im Wissen darum, dass mir morgen früh der linke Fuß amputiert wird; das ist hoffentlich deutlich genug. Vielleicht war mein Versprechen, mich zu bessern, allzu unbestimmt, als dass es dich überzeugt hätte, aber ich verspreche dir: falls es notwendig ist, will ich den Rest meines Lebens dazu verwenden, die Schuld zu begleichen, in der ich stehe, wenn du dich entschließt zu zahlen. In meinem letzten Brief habe ich dir versprochen, alles zu tun, um künftig so zu leben, dass du dich meiner nicht länger zu schämen brauchst. Heute appelliere ich nur an deine Barmherzigkeit. Mein Leben liegt in deiner Hand. Man hat mir gesagt, dass die Höhe des verlangten Lösegeldes im Rahmen des Möglichen liegt. Und als Letztes bitte ich dich, wie schon in meinem letzten Brief, dass du meinen Fuß, sobald er in deine Hände gelangt, unverzüglich einfrierst, für den Fall, dass es möglich wäre, ihn mir wieder anzunähen.*

Als Juan Luis den Brief zu Ende geschrieben hatte, befestigte er ihn am Haken der Angelschnur, den ihm Carlomagno zugeworfen hatte. Etwas später wurde, wieder von Carlomagno, der Korb mit dem Abendessen hinuntergelassen. Juan Luis verschlang es gierig.

Dem Essen war ein Betäubungsmittel beigemengt – Juan Luis erkannte es am bitteren Geschmack, der sich im Gaumen festsetzte –, und schon mit dem letzten Bissen überkam ihn eine Müdigkeit, die ihm Schwindel verursachte. Er schloss die Augen mit der beklemmenden Gewissheit, dass ihm beim Aufwachen ein Körperteil fehlen würde.

Die Würfel bestimmten, dass diesmal Hasenohr den abgesägten Körperteil zu überbringen habe. Im Morgengrauen seilten sich der Tapir und der Sepharde ab, um die Amputation durchzuführen. Der Schreckliche und Carlomagno waren weggefahren, und Hasenohr war überzeugt, dass sie das Geld, das sie beim Pokern gewonnen hatten, mit ein paar Huren durchbringen würden. Er war es ihnen neidig; überhaupt fühlte er sich vom Pech verfolgt. Er holte einen kleinen Umschlag mit Marihuana aus der Hosentasche, säuberte es sorgfältig und drehte sich einen Joint. Schon die ersten Züge entspannten ihn. Aus dem Streichholzheftchen machte er sich ein Mundstück aus Pappe, damit er den Joint bis zum letzten Krümel genießen konnte, und dann betrachtete er eine Weile das orangefarbene Stromkabel, das sich durch die halb offene Tür in den Hof schlängelte, und von dort in die Grube, aus der das leise Surren der Elektrosäge zu hören war.

Als der Tapir und der Sepharde nach einer halben Stunde heraufkamen und ihm das schwere, in eine schwarze Plastikfolie gewickelte Paket übergaben, war Hasenohr sich noch im Unklaren, wie er es dem alten Luna zukommen lassen würde.

»Lass dich ja nicht erwischen, Chippy, sonst bist du geliefert«, mehr sagte der Tapir nicht.

Der Sepharde, der anscheinend böse auf den Tapir war, begleitete Hasenohr zum Jeep, der in der alten Garage stand. Hasenohr ließ den Motor an, und während er warm lief, schob er das Paket unter den Sitz.

»Warum bringst du es nicht seiner Freundin?« sagte der Sepharde. »Das ist am wenigsten gefährlich.«

»Daran hab ich eben gedacht«, erwiderte Hasenohr. »Danke.« Er hob grüßend die Hand, dann fuhr er los.

Mist, dachte er. Die verfluchten Würfel bringen mir immer Unglück. Ich werd nie mehr spielen. Juan Luis' Freundin aufzusuchen, das war wirklich keine schlechte Idee. Der Sepharde war gar nicht dumm.

Ana Lucía, die Freundin des Entführten, hatte erneut eine schlechte Nacht hinter sich. Beim Aufwachen erinnerte sie sich schuldbewusst daran, dass sie sich in der Dunkelheit, während sie sich im Bett hin und her gewälzt hatte, über Juan Luis geärgert hatte. Es war kein großer Ärger, das nicht. Aber es war ein komplizierter Ärger. Sie konnte ihm nicht helfen, nicht nur weil die Entführer sich nicht mit ihr in Verbindung gesetzt hatten, sondern auch deshalb, weil sie gar nicht in der Lage war, etwas zu unternehmen. Wenn er vor einem Jahr eingewilligt hätte, sie zu heiraten … Aber er war ein großer Dickkopf, und außerdem ein bisschen egoistisch. Trotzdem, sie war sicher, dass er sie liebte. Er widersetzte sich der Ehe, aber er hatte sie zu sich genommen, in seine Wohnung, und praktisch zu seiner Frau gemacht.

Es gab eine Zeit, in der Juan Luis' Vater sie mit Wohlwollen behandelt hatte, vielleicht weil er in ihr eine mögliche Verbündete sah. Denn im Grunde hatte sich Don Carlos nicht besiegt gegeben – er glaubte immer noch, es sei möglich, seinen Sohn zu einem angesehenen, will heißen: verheirateten und geschäftstüchtigen Mann zu machen. Aber sie teilte seine Hoffnung nicht, und sie war so unvorsichtig gewesen, vor ihm zu sagen, dass sie Juan Luis noch am selben Tag verlassen würde, an dem er beschließen sollte, dieses Spiel mitzumachen. Don Carlos verzog keine Miene, und er legte ihr gegenüber auch weiterhin kein abweisendes Verhalten an den Tag. Aber er unterließ es von da an, sie zum Essen in sein Haus einzuladen, wie er es bisher oft getan hatte, und wenn sie sich zufällig trafen, gab er vor, allzu beschäftigt zu sein, oder er griff zu irgendeiner Entschuldigung, um nicht mit ihr sprechen zu müssen.

Im Laufe ihres Zusammenlebens mit Juan Luis hatten Vater und Sohn sich öfter gestritten, und sie wusste, dass zwischen ihnen eine alte Feindschaft weiterbestand.

Als sie erfuhr, dass Juan Luis entführt worden war – der Portier war Augenzeuge des Überfalls gewesen, der sich vor dem Appartementhaus ereignet hatte, in dem sie wohnten, gerade als Juan Luis mit seinem Auto wegfahren wollte –, hatte Ana Lucía sofort seinen Vater angerufen.

»Schön«, hatte der Alte gesagt, »eines Tages musste es ja geschehen. Erinnerst du dich, was er mir vor ungefähr einem Jahr gesagt hat, als wir von der Möglichkeit gesprochen haben, dass so etwas passieren könnte? Dass er nicht erwartet, dass ich wegen ihm irgendein Lösegeld zahlen würde.«

»Das hat er doch nur so dahergeredet, Don Carlos, um Himmels willen.«

»Man redet vieles nur so daher und meint es insgeheim doch ernst.«

Und der Alte hatte gegrüßt und aufgelegt. Von da an konnte ihn Ana Lucía telefonisch nicht mehr erreichen. Einmal nahm das Dienstmädchen den Hörer ab und sagte, dass Don Carlos einen Unfall gehabt habe und im Krankenhaus sei, und ein paar Tage später wählte sie mehrmals die Nummer, aber es hob niemand ab.

Die ganze Zeit über hatte sie sich außerstande gesehen, irgendwas zu machen, und oft ertappte sie sich dabei, wie sie beklommen ihre Hände wrang, wobei die eine die andere zu beruhigen suchte, in einer nutzlosen Anstrengung, die sie schließlich erschöpfte und in gewisser Weise den Druck ertragen ließ, der von einer nicht ganz irrationalen Angst verursacht war. Sie bemühte sich, tief zu atmen, aber es war, wie wenn die Luft nicht ausreichte, ihre Lungen zu füllen.

Es war eine Woche her, dass er entführt worden war, und es war ein kühler Morgen, deshalb schlüpfte sie nach dem Aufstehen in einen Pullover und eine Flanellhose, die Juan Luis gehörten, ehe sie sich den Morgenrock überwarf. Sie lief vom Schlafzimmer in die Küche und stellte Wasser für den Kaffee auf. Während es sich erhitzte, ging sie ins Wohnzimmer und setzte sich auf ein Lederkissen. Am schwersten zu ertragen war in diesen Tagen vielleicht weder die Angst noch die Ungewissheit, sondern die Einsamkeit, dachte sie. Sie fragte sich, ob Don Carlos ihr misstraute. Er war ein alter Paranoiker, das stimmte, und es war möglich, dass er sogar Juan Luis verdächtigte, die Entführung nur vorzutäuschen. Resigniert stand sie auf und ging zurück in die Küche, wo das Kaffeewasser schon kochte. Jemand läutete an der Tür. Ana Lucía goss den letzten Rest Wasser in die Filtertüte, strich sich unwillkürlich die Haare glatt und band sich den Gürtel des Morgenrocks, während sie durch das Wohnzimmer an die Tür ging. Die Tür hatte keinen Spion, so dass sie, nicht ohne Furcht, einen Spalt weit öffnete.

Draußen stand ein großer schlanker Mann, hellhäutig, gut aussehend und liebenswürdig lächelnd, ein nervöser junger Mann, niemand anderer als Hasenohr.

»Verzeihung«, sagte er, »ich hab dringend was abzugeben.«

Ana Lucía ahnte, worum es ging, und sie konnte nicht verhindern, dass ihre Beine zitterten.

»Ja?« sagte sie mit belegter Stimme.

Hasenohr streckte ihr ein Paket entgegen, das zu ihrem Erstaunen ziemlich schwer war. Einen Augenblick lang dachte sie, ihre Vermutung sei falsch, der Bote und sein

Paket hätten mit der Entführung von Juan Luis nichts zu tun. Aber Hasenohr sagte:

»Es ist für Don Carlos. Geben Sie es ihm so bald wie möglich. Und verzeihen Sie nochmals die Störung.« Dann drehte er sich rasch um, machte zwei große Schritte zum Fahrstuhl, dessen Tür er nur angelehnt hatte, und verschwand.

Ana Lucía kämpfte gegen einen Brechreiz an, als sie den Umschlag befühlte. Sie schloss die Tür, lehnte sich von drinnen an sie und glitt nach unten, bis sie auf dem Boden zu sitzen kam, auf den kalten Fliesen, fast ohne Besinnung. Sie starrte auf den Rauhfaserputz an der Decke und stellte sich eine Landschaft aus Sand vor, eine Düne, für die das Gesetz der Schwerkraft nicht galt. Währenddessen nahmen ihre Finger, durch die schwarze Folie hindurch, einen am Knöchel abgeschnittenen Fuß wahr. Sie krümmte sich, bis ihre Stirn beinahe den Boden berührte, und wollte sich übergeben. Aber sie hatte nichts im Magen.

Wenig später rappelte sie sich hoch, ging in die Küche und legte den Umschlag auf die Anrichte. Sie trank ein Glas Leitungswasser. Dann ließ sie sich auf einen Hocker fallen. Sie überraschte sich dabei, wie sie einen Maurer auf dem Gerüst gegenüber beobachtete, der gerade ein Fenster putzte, und atmete tief durch, ehe sie sich zwang, den Blick zu senken; da lag es immer noch, das Paket mit dem Fuß.

Es war, als hätte sie einen Stromschlag erhalten. Sie sprang auf und lief zum Telefon.

»Don Carlos?«

Stille.

»Jemand hat ein Paket bei mir abgegeben. Ich glaube, es ist ein Fuß. Von Juan Luis! Ich bin mir nicht sicher, weil er in einer schwarzen Hülle steckt. Der Mann hat gesagt, ich soll das Paket Ihnen geben. Es ist ein Brief dabei, auch für Sie. Don Carlos?«

»Ich bin noch da.« Seine Stimme und die Stille danach kamen wie aus einem Grab. »Ein Fuß?«

»Ich bring ihn sofort vorbei.«

Wieder Stille.

»Ja, komm.«

Don Carlos war ungewöhnlich vital und aufbrausend für seine fast siebzig Jahre. Er war immer noch lebenslustig, und in allem, was er unternahm, konnte man ein Temperament entdecken, das den sinnlichen Genüssen zugewandt war. Aus einer Vergangenheit, die halb im Verborgenen lag, hatte er sich in das helle Licht der besseren Gesellschaft hochgekämpft, kraft seiner Kontaktfreude und seines Reichtums, und erst als er verwitwete und den Plan fallen lassen musste, seinen Sohn zu einem würdigen Nachfolger heranzuziehen, bemächtigte sich seiner diese Gleichgültigkeit, diese Art Apathie, die der Glaube an die eigene Unsterblichkeit nährt.

Er ging aus seinem Schlafzimmer, in dem er verschiedene Papiere geordnet hatte – bezahlte Telefonrechnungen, die man besser noch eine Zeit lang aufhebt, Rezepte des Tierarztes, der eine seiner Stuten behandelt hatte, Zeitungsannoncen von Grundstücken, Brennöfen, Garnwinden, die seine Sekretärin für ihn ausgeschnitten hatte –, in den Salon, wo er sich in seinen Lehnstuhl setzte. Während er auf Ana Lucía wartete, kamen ihm zwei verschiedene Aspekte des Wortes Zeit in den Sinn. Er fühlte sich wie auf einem Wellenkamm, und ihm schwindelte ein wenig.

Ich werde verhandeln müssen, sagte er sich. Lustlos dachte er daran, dass er einen Brief aufsetzen, um einen niedrigeren Betrag feilschen müsste. Aber noch wusste er nicht, wie viel sie verlangten. Wäre es nicht gerecht, weniger zu zahlen, weil sie die Geisel verstümmelt hatten?

»Krüppel«, sagte er leise wie einer, der mit dem letzten Wort Recht behält. Er hatte in den Himmel gestarrt, über die Wipfel der Weichselbäume im Garten hinweg, aber gleich darauf hupte Ana Lucía vor der Einfahrt, und Caya, die für Don Carlos den Haushalt besorgte, öffnete das Tor.

Ana Lucía stellte den alten BMW, den Juan Luis von seiner Mutter geerbt hatte, unter dem Balkon ab. Dann lief sie hastig die Treppe hoch und betrat den Salon durch die Glastür. In der Hand hielt sie das schwarze Paket, von dem sie gesprochen hatte.

»Das ist er«, sagte sie und streckte den Arm aus.

Don Carlos reagierte bedächtig, fast gleichmütig. Er legte das Paket auf den niedrigen Mosaiktisch neben sich, nahm den Briefumschlag zur Hand und öffnete ihn behutsam.

»Du gestattest«, sagte er, ehe er den Brief aufmerksam las. Dann erst griff er nach dem Paket. Es war verschnürt, und die beiden Enden der Schnur waren zu einem festen Knoten gebunden, so dass es ihn einige Mühe kostete, sich mit eigenen Augen zu überzeugen, dass es tatsächlich einen amputierten Fuß enthielt, in einem Plastikbeutel mit Druckverschluss und eingewickelt in blutige Gaze. Er schaute ihn einen Augenblick lang prüfend an, dann lehnte er sich zurück. Wieder erfasste ihn ein leichtes Schwindelgefühl.

Ana Lucía wimmerte; es war ein unmenschlicher, fast tierischer Laut.

Während er sie betrachtete, erholte Don Carlos sich ein wenig.

»Und wer garantiert uns, dass das seiner ist?«

Sie nickte, wobei sie wie gebannt auf den Fuß starrte.

Es war, als hätte er die Kraft, jeden Blick von sich abzuwenden; aber sobald sie wegschauten, begann er wie ein mächtiger Magnet zu wirken und ihre Blicke in Eisenspäne zu verwandeln. Und er beherrschte ihr Gesichtsfeld, auch wenn sie ihn nicht direkt ansahen. Selbst dann waren seine Umrisse unter der Gaze deutlich wahrzunehmen.

Don Carlos hörte sich atmen. Er sah die dunkle Ader an Ana Lucías Hals.

»Wir müssen es herausfinden«, sagte er, rührte sich aber nicht. »In seinem Brief steht, wir sollen den Fuß einfrieren, für den Fall, dass die Ärzte noch etwas machen können, wenn er freikommt.«

Es schien, als wollte sie lächeln. Gleich darauf schlug sie die Hände vors Gesicht und begann zu weinen.

»Nicht doch«, sagte er, und dann: »Sei tapfer, Mädchen.«

Allmählich kehrte seine alte Willenskraft zurück. Er streckte die Arme aus, gab sich einen Ruck, beugte sich über den Tisch und löste die Gaze ab, damit er feststellen konnte, ob das wirklich der Fuß seines Sohnes war. Er betastete ihn, wie ein Blinder, und dann lehnte er sich zurück, starrte aber immer noch auf den Fuß.

Der Kontakt zwischen seinem Blick und der Stelle, an der der Fuß abgesägt worden war und wo jetzt das kreisförmige rote, gegen den Rand hin schon etwas schwärzliche Fleisch zu sehen war, und im Fleisch das weiße Rund des Knochens, gläsern und milchig zugleich – diese Art des Wahrnehmens und Zusammentreffens war anders als der Kontakt, den seine Pupillen mit Gegenständen des Alltags oder mit einem Kunstwerk, einem Bild beispielsweise oder einer Skulptur, eingingen.

Unter anderen Umständen hätte das Knochenmark sein besonderes Interesse geweckt, das Interesse eines guatemaltekischen Unternehmers italienischer Herkunft, der gelernt hat, alles, was er sieht, auf die Möglichkeiten zu prüfen, die ihm innewohnen. Aber jetzt schien es sein Bewusstsein an sich zu ziehen, aufzusaugen, zu verschlucken, als wäre es das berühmte schwarze Loch im All, und ihm war, als würde er ins Nichts geschleudert, und übrig blieb nur Dunkelheit. Ein Ohrensausen, das viele Lichtstunden weit entfernt war. Ein Schwindelgefühl, das ihn wieder zu Bewusstsein brachte, erlaubte ihm, sich der Illusion hinzugeben, eine Reise durch die Zeit unternommen zu haben. Aber er war nicht mehr derselbe. Er war niedergeschlagen, weil er wusste, dass er sich zurückentwickelt hatte. Es war, als hätte man ihm eine alte Rechnung präsentiert, die viele Jahre lang großmütig vergessen worden war und die ihn jetzt von einem Millionär in einen armen Schlucker verwandelte. Er hatte das Gefühl, einen sehr langen Weg zurückgelegt zu haben. Er wickelte den Fuß wieder in die Gaze und steckte ihn in den Plastikbeutel. Dann stand er auf und sagte, dass er ihn ins Gefrierfach legen werde.

Caya holte mehrere Portionen Rindfleisch und eine Schale mit Eiswürfeln aus dem Kühlschrank, damit der Fuß darin Platz fand, und dann blieb sie vor der geschlossenen Tür stehen und starrte sie an, als wäre sie durchsichtig oder als hätte sie sich in die Mattscheibe eines Fernsehers verwandelt.

Als er in den Salon zurückkehrte, fühlte sich Don Carlos lebendig wie lange nicht mehr. Da waren nur Farben und Lichter, Formen und Schatten.

Ana Lucía las gerade den Brief von Juan Luis und schaute nicht auf, wie wenn sie nicht gemerkt hätte, dass sein Vater zurückgekommen war und ihr gegenüber Platz genommen hatte. Sie schwiegen. Endlich sagte sie, während ihre Augen immer noch auf das Blatt Papier gerichtet waren:

»Was werden Sie tun?«

»Ich weiß nicht«, seufzte er. »Versuchen, ihn freizukriegen, natürlich.« Er streckte den Arm nach dem Brief aus.

»Ich glaube, ich werde beten«, sagte Ana Lucía.

»Keine schlechte Idee.«

Er begleitete sie bis zum Auto und beugte sich zum Seitenfenster, um sich von ihr zu verabschieden.

»Sie halten mich auf dem Laufenden, versprochen?«

Er nickte.

Als sie die Wohnung betreten und die Tür hinter sich geschlossen hatte, klappte Ana Lucía zusammen; einen Schritt vor dem Teppich fiel sie auf die Knie, und dann streckte sie sich auf dem Boden aus, wobei der halbe Körper auf den kalten Fliesen zu liegen kam. Sie brach in Tränen aus, aber sie fühlte weder Schmerz noch Wut, nur ein allgemeines Unbehagen, dessen Ursache das fehlende

Mitleid und die angeborene Kälte des Vaters waren, die Schutzlosigkeit seines Sohnes und ihre eigene Ohnmacht.

Mit einem müden Gesichtsausdruck, die Hände in die Hosentaschen gesteckt, so ging Don Carlos in die feuchte, dunkle Kammer, die er als Büro benutzte. Mit der Zeit hatten sich hier alle möglichen Gegenstände angesammelt, von jahrzehntealten Bilanzbüchern und längst ungültigen Terminkalendern bis zu einheimischen Stoffmustern, Mustern von Orientteppichen und italienischen Fliesen, mehreren Pokalen von Reitturnieren und einer fast lebensgroßen Statue der Jungfrau von Guadalupe, die seiner Großmutter gehört hatte. Aus einer versperrten Schreibtischlade holte er das Scheckbuch einer ausländischen Bank. Er las den Saldo: zweieinhalb Millionen Dollar. Er legte das Scheckbuch auf den Schreibtisch und sah zu, wie es sich von selbst wieder schloss, ein Blatt nach dem andern, eher aus Trägheit denn als Folge eines Zaubertricks. Aus einer anderen Lade zog er sein Adressbuch und suchte unter B wie Bank eine Nummer.

»Hallo Amílcar«, sagte er. »Es ist wegen Juan Luis.«

»Ich habe erwartet, dass du mich anrufen wirst. Was kann ich für dich tun?«

»Eine halbe Million.«

»Du hast sie, keine Frage.«

»Ich würde dir einen Scheck ausstellen und ...«

Amílcar unterbrach ihn:

»Gut. Wo und wann brauchst du sie?«

»Fertig, ihr Wichser?« fragte der Tapir, bevor er sich neben Hasenohr auf den Beifahrersitz schwang.

Hasenohr lächelte unter dem breitkrempigen Hut, den er sich tief in die Stirn gezogen hatte. Ein Joint steckte zwischen seinen Lippen. Er gab ihn an den Schrecklichen weiter, der es sich auf dem Rücksitz des Jeeps bequem machte.

»Fertig«, sagte der Schreckliche. Er machte einen tiefen Zug, dann bot er die Zigarette dem Sepharden an, der neben ihm saß und mit einem Kopfschütteln ablehnte.

»Wirf den Dreck weg oder gib ihn Carlomagno«, sagte der Tapir.

Der Schreckliche kurbelte das Seitenfenster herunter und hielt den Joint Carlomagno hin, der gerade das eiserne Garagentor geöffnet hatte.

»In einer halben Stunde rufst du den Alten an«, erinnerte ihn der Tapir. »Und wenn wir um zwölf nicht zurück sind, machst du dich aus dem Staub.«

»Vorher mach ich ihn kalt, oder?«

»Nein, du lässt ihn am Leben«, sagte der Tapir. »Du haust nur ab.«

Hasenohr startete den Motor.

Als sie die Schotterstraße hinunterfuhren, sagte er in einem künstlichen, fast weibischen Tonfall:

»Seht doch, was für ein herrlicher Tag, überall Blumen und Spatzen.«

»Ich glaub, der ist schwul«, sagte der Tapir.

»Kommt mir ganz so vor«, sagte der Schreckliche von hinten. »Ja oder nein, Hasenohr?«

Hasenohr schaute den Schrecklichen durch den Rückspiegel an.

»Leck mich, Arschgesicht.«

Ein paar Minuten lang schwiegen alle.

Als sie schon auf der Panamericana waren, sagte der Schreckliche zum Sepharden:

»Bist du in Form?«

Der Sepharde lächelte nur mit den Augen. Er antwortete nicht. Aber er fühlte sich in Hochform, und er erinnerte sich an einen Vormittag, an dem er in Playa Grande gekämpft hatte. Er war Chef der Kaibiles gewesen, und die Israelis hatten ihm ein Stipendium gegeben, damit er in el-Arache Strategie studieren konnte. Später war er in Marokko und in Senegal im Einsatz gewesen.

»Hoffentlich brauchst du keinem den Hals umzudrehen«, sagte Hasenohr. Er wandte sich an den Tapir: »Wenn ihm die Sulfate ins Hirn steigen, wird er zum Berserker.«

Sie fuhren über Ciudad San Cristóbal, um dem Verkehr auf der Avenida Roosevelt auszuweichen, wechselten dann auf die Aguilar Batres und weiter auf die Petapa, Richtung Flughafen La Aurora.

Die Route der Geldübergabe begann in einer namenlosen Gasse zwischen dem Naturhistorischen Museum und der Pferderennbahn Süd. In der Nähe des Zypressenparks hielt Hasenohr an, und der Sepharde stieg aus, um einen Umschlag mit den Anweisungen, wie und wo die Übergabe zu erfolgen habe, unter einen grünweiß gestrichenen Stein auf dem Gehsteig zu schieben. Der Jeep fuhr ohne den Sepharden weiter und bog in die nächste Seitenstraße ab. Der Sepharde ging die Gasse bis zum Tiergarten von La Aurora hinunter, überquerte sie und blieb an einer Imbissbude stehen. Er verdrückte zwei Hotdogs, zahlte, dann sah er den Alfa Romeo von der Rennbahn her um die Ecke biegen. Er kam näher, fuhr an ihm vorüber und hielt neben dem Stein. Don Carlos stieg aus, ging um das Auto herum und zog den Umschlag unter dem Stein hervor. Er stieg wieder ein, drückte den Knopf mit der Türsperre und blickte nach beiden Seiten, ehe er die Anweisungen zu lesen begann.

Nach etwa einer Minute fuhr er los, wendete wie angeordnet und verschwand hinter der nächsten Ecke. Der Sepharde wartete noch eine Weile, um sicherzugehen, dass der Alte nicht beschattet wurde.

Während er zum Einkaufszentrum Montúfar schlenderte, stellte sich der Sepharde die Routen der beiden Fahrzeuge vor, der Jeep Montero auf der einen und der Alfa Romeo auf der anderen Strecke, wie sie durch die ganze Stadt komplizierte, absurd anmutende Umwege machten, bis sie schließlich an einem Punkt zusammentrafen. Er trat bei American Doughnuts ein, ging die Treppe hinauf in den ersten Stock und setzte sich an einen Tisch, von wo er die Straße überblicken konnte. In einer halben Stunde würde der Jeep vorbeikommen.

Er bestellte ein Doughnut mit Zuckerguss und ein Coca-Cola. Die Kellnerin brachte ihm das Verlangte, dann ging sie hinunter ins Erdgeschoss und scherzte mit ihren Kolleginnen über eine Kundin. Der Sepharde war allein im ersten Stock. Er tastete, unter der Jacke, nach der automatischen Pistole, den Reservemagazinen, der Splittergranate. Es würde klappen, versicherte er sich, und er aß ein Stück Doughnut und nahm einen Schluck Coca-Cola.

Zwei Fleischfliegen setzten sich in einer Entfernung von höchstens zwei Zentimetern neben seinen Teller. Sie hatten die Köpfe einander zugewandt. Es war, als würden sie sich lautlos, mittels mikroskopisch kleiner Gesten, unterhalten, wie Taube. Der Sepharde verscheuchte sie und schaute wieder auf die Straße. Auf dem Parkplatz des Einkaufszentrums, auf der anderen Seite, stand der Mann vom Wachdienst El Roble, ein Junger in brauner Uniform, mit gespreizten Beinen und verschränkten Armen. Der Sepharde kannte ihn vom Sehen, er hatte ihn unter Kontrolle. Er kannte seine Arbeitszeit, und ihm waren auch die Dienstmädchen bekannt, mit denen der Wachposten flirtete. Fauler Sack, dachte der Sepharde. Er trank, dann schaute er wieder auf die Calle Montúfar, wo der Verkehr auf den vier Fahrspuren immer dichter wurde.

Zwei Männer in Anzügen, einer von ihnen mit asiatischen Gesichtszügen, betraten das Café und kamen die Treppe hoch. Geschäftsleute, oder Spitzel. Der Sepharde sah, dass sich die Jacke des einen, die des Asiaten, unter der Achsel wölbte, und er spannte sich innerlich an. Die Ausbuchtung konnte bloß ein Mobiltelefon sein, aber auch eine automatische Pistole. Genau betrachtet sahen sie eher wie Bürohengste aus. Sie schauten den Sepharden an, zögerten, drehten sich zur anderen Seite hin, dann zogen sie es vor, an einem der Tische unten Platz zu nehmen.

Der Sepharde blieb ruhig sitzen, schob aber vorsichtshalber die Hand unter die Jacke und legte einen Finger auf den Sicherungshebel seiner Pistole, für den Fall, dass sie es auf ihn abgesehen hatten. Die Fliegen ließen sich wieder neben seinem Teller nieder. Eine der Kellnerinnen unten nahm die Bestellung der neuen Kunden auf, während er den Wachposten gegenüber beobachtete. Er wusste, dass ein Mädchen aus Cobán, das ein Kind vom Schulbus abholen musste, wie jeden Tag um diese Zeit an dem Mann vorbeikommen und ihn grüßen würde. Der Sepharde zog die Hand aus der Jacke und trank den letzten Schluck Coca-Cola. In diesem Augenblick sah er den Jeep die Calle Montúfar heraufkommen. Hasenohr hupte dreimal hintereinander, demnach lief alles nach Plan. Der Sepharde stand auf, ging hinunter und zahlte.

»Bis zum nächsten Mal«, sagte die Kassiererin zu ihm.

Er legte das Trinkgeld neben die Kasse und trat ins Freie. Wahrscheinlich wird es kein nächstes Mal geben, dachte er. Er schlenderte aus dem Einkaufszentrum und ging, immer noch gemächlich, auf der Calle Montúfar Richtung Osten. Zwei Straßen weiter unten blieb er an der Bushaltestelle gegenüber dem koreanischen Restaurant Sam Won stehen, um auf den entscheidenden Augenblick zu warten.

Aus der entgegengesetzten Richtung tauchte der Alfa Romeo auf, hinter ihm ein klappriger Bus der Linie 14, der ihn anhupte und schließlich überholte, wobei er eine blaue Abgaswolke ausstieß. Don Carlos parkte, wie vorgesehen, einen halben Häuserblock weiter vorne, neben dem Farbengeschäft El Volcán. Dann stieg er aus. Er hielt einen schwarzen Müllsack in der Hand, in dem sich die halbe Million befinden musste. Der Sepharde sah, wie der Alte nach beiden Seiten blickte, ehe er einen Fuß auf die Fahrbahn setzte. Er schaffte es bis zur Fußgängerinsel, dann musste er stehen bleiben, um die Autos vorbeizulassen, die losgefahren waren, als die Ampel weiter oben auf Grün gesprungen war. Während die Autos an ihm vorüberflitzten, musterte Don Carlos die Umgebung, und der Sepharde wandte seinen Blick ab.

Schließlich gelang es dem Alten, die restlichen beiden Fahrspuren hinter sich zu bringen. An der Ecke, gleich neben der Apotheke Fátima, stand eine Mülltonne der Stadtverwaltung. Don Carlos ging wie selbstverständlich darauf zu und ließ den Sack hineinfallen. Dann schaute er wieder um sich, machte kehrt und lief bei der erstbesten Gelegenheit zurück auf die andere Straßenseite.

Der Sepharde ging langsam auf die Tonne zu, blickte verstohlen hinein und setzte seinen Weg bis an die nächste Straßenecke fort. Als er sich umdrehte, verschwand der Alfa Romeo gerade im Verkehrsgewühl Richtung Plazuela España. Der Sepharde schlenderte zur Mülltonne zurück; nicht weit davon lehnte er sich an die Hauswand wie einer, der auf jemanden wartet.

Laut Plan sollte der Sepharde die Tonne so lange im Auge behalten, bis die vier anderen ihn mit dem Jeep abholen würden. Es war Mittwoch, und sie wussten, dass die Müllabfuhr hier nur montags und freitags durchkam. Es ist eher selten, dass die Leute in Guatemala ihren Abfall in den dafür vorgesehenen Behältern entsorgen; aber gerade jetzt lief eine Verkäuferin mit drei Plastiksäcken aus der Apotheke und warf sie in die Tonne. Der Sepharde wusste nicht, wie er sich verhalten sollte, aber das Mädchen lächelte, als es ihn flüchtig ansah, und verschwand wieder in der Apotheke. Er unternahm nichts, lehnte weiter an der Wand und tat, als würde er auf jemanden warten.

Es war abgesprochen, dass er den Geldsack aus der Tonne nehmen sollte, sobald der Jeep weiter unten auftauchte, und dann würde der Schreckliche die hintere Seitentür öffnen, um keine Zeit zu verlieren.

Und es war auch abgesprochen, dass der Sepharde einsteigen würde und dass sie den Bulevar de la Liberación und die Avenida Roosevelt hinauffahren und dann auf die Calzada de San Juan einbiegen würden.

Ein Jet 747 der KLM überflog in diesem Augenblick die Calle Montúfar, und der Sepharde schaute nach oben, während der donnernde Lärm seine Kleidung und sein Trommelfell zum Zittern brachte. Der Rumpf erinnerte in nichts an den Körper eines Vogels, und statt zu fliegen, schien der Jet zu fallen. Es war schwer vorstellbar, dass er in La Aurora landen würde, und unwillkürlich erwartete der Sepharde, dass das Flugzeug, als es hinter dem Dach des Einkaufszentrums Moll verschwand, abstürzen und explodieren würde. Aber es war keine Explosion zu hören, und kurz darauf versiegte auch das Geräusch seiner Motoren.

Damit ein Schimpanse eine Frucht mit einem Stock oder einem Ast erreichen kann, muss er angeblich beide Gegenstände gleichzeitig sehen können. Etwas Ähnliches ging nun im Sepharden vor, denn als er das Flugzeug sah, das an Höhe verlor, und zur gleichen Zeit – wenn auch nur verstohlen – die Tonne im Auge behielt, in der eine halbe

Million Dollar lagen, verwandelte sich der Plan, den er selbst entworfen hatte, in einen anderen, der ihm mehr zusagte. Plötzlich sah er sich in der Badehose in der Sonne liegen, und zwar am Swimmingpool des Hotels El Minzah, in Tanger. Das war ein Ort, von dem er seit langem träumte. Aber es war November, und in Tanger wäre es jetzt kalt, überlegte er.

Der Tapir hatte geplant, die Geisel zu ermorden, wenn sie erst einmal das Lösegeld hatten. Der Sepharde war damit nicht einverstanden gewesen, und er hatte es auch gesagt, aber der Tapir hatte ihn daran erinnert, dass schließlich er das Unternehmen finanziert habe und dass sie sich, da Juan Luis alle aus der Gruppe kannte, außer Carlomagno, der nur eine untergeordnete Rolle spielte, und dem Sepharden, der für die technische Abwicklung zuständig war, nicht den Luxus erlauben dürften, erkannt zu werden, und die Debatte hatte an diesem Punkt geendet.

Der Sepharde war in Gedanken immer noch in Tanger; jetzt versetzte er sich in ein reich mit Teppichen ausgestattetes Gemach, und er blickte durch ein hohes maurisches Fenster, das einen dunklen Rahmen aus marokkanischem Gitterwerk hatte, in den winterlich bewölkten Himmel, vor dem sich, schlank und majestätisch, eine Palme erhob.

Wie das Bild in einem Kaleidoskop wechselt, so sprunghaft änderte der Sepharde sein Vorhaben. Plötzlich war er überzeugt, dass ihm wegen seiner Arbeit – er hatte das Unternehmen geplant, die Materialien besorgt und die Entführung praktisch im Alleingang durchgeführt – mehr zustand, als ihm der Tapir zu geben gewillt war.

Der Jeep tauchte weiter unten auf. Er bog im Schritttempo in die Calle Montúfar ein und hielt sich ganz rechts, kaum ein paar Zentimeter von der Bordsteinkante entfernt. Der Sepharde machte einen Schritt nach vorn. Hasenohr blieb neben ihm stehen. Der Schreckliche öffnete die hintere Seitentür.

»Ist was passiert«, sagte er. Anscheinend war er nervös oder verstimmt.

»Er ist vorbeigefahren«, sagte der Sepharde. »Er wird bei dem dichten Verkehr keinen Parkplatz gefunden haben. Vielleicht versucht er es nochmal.«

Der Tapir kurbelte das Seitenfenster herunter.

»Du wartest hier«, befahl er, »wir drehen noch eine Runde. Möglicherweise ist er im Stau stecken geblieben, drüben in der Liberación.«

Hasenohr fluchte, dann fuhr er weiter.

Der Sepharde schaute ihnen nach, und dabei beobachtete er, wie der Schreckliche sich misstrauisch nach ihm umdrehte.

Du wirst dich noch wundern, dachte er.

Als der Jeep zum Einkaufszentrum hin abbog, lehnte sich der Sepharde wieder an die Wand. Der Verkehr nahm ständig zu. Jetzt war er schon so dicht, dass die Autos nur zentimeterweise vorwärtskamen und die Fußgänger sich gefahrlos zwischen den Stoßstangen durchschlängeln konnten.

Vom Einkaufszentrum aus bogen sie auf die Once Avenida ein und folgten ihr einen Häuserblock weit nach Norden. Der Schreckliche war nervös geworden.

»Und was ist«, sagte er, »wenn er uns austricksen will?«

»Wer?« fragte der Tapir.

»Der Sepharde.«

»Red keinen Schwachsinn«, sagte Hasenohr.

»Immerhin ist er Halbjude«, sagte der Schreckliche. »Wenn er könnte, würde er uns reinlegen.«

An der nächsten Kreuzung mussten sie warten.

»Und wenn ich aussteige und ein Auge auf ihn werfe?« sagte der Schreckliche.

»Ruhe da hinten«, sagte der Tapir. »Werd bloß nicht hysterisch.«

Hasenohr bog um die Ecke. In der Nebenstraße war flüssiger Verkehr, und er trat aufs Gaspedal, bremste aber vor der nächsten Ampel, die auf Grün stand, um sich langsam in die Autoschlange der Calle Montúfar einzureihen, wo der Verkehr fast zum Erliegen gekommen war.

Der Schreckliche erspähte den Sepharden, der immer noch an der Wand lehnte.

»Irgendwas stinkt mir.«

»Der Mund und der Arsch«, erwiderte Hasenohr. »Hör auf, mich nervös zu machen, ja?«

»Jetzt gut aufgepasst«, sagte der Tapir.

Der Sepharde sah den Jeep ein zweites Mal näher kommen. Mit einem leichten Lächeln machte er einen halben Schritt nach vorn, von der Wand weg, steckte eine Hand in die Hosentasche, löste die Sicherung an der Splittergranate und begann leise zu zählen.

Hasenohr hielt den Jeep weit rechts, so dass die Reifen beinahe den Randstein streiften.

Alles ist relativ, dachte der Sepharde. Die Zeit, die für ihn etwas Unbegrenztes haben konnte, das sich bestenfalls aufspalten ließ, durch Wassertropfen oder Sandkörner oder auch durch eine Stimme, war dabei, sich für die drei Männer, die mit höchstens zehn Stundenkilometern auf ihn zurollten, in etwas Befristetes zu verwandeln.

Der Sepharde schaute einen Augenblick lang nach oben, in das Blau des Himmels, dann senkte er den Blick und fasste sein Ziel ins Auge: die Windschutzscheibe des Jeeps, in der Mitte, dort, wo der Rückspiegel war. Er machte einen Schritt zur Seite, zog die Hand aus der Tasche, bog seinen Oberkörper leicht zurück und hob wie ein Baseballpitcher den Arm, der nach vorn schnellte, gerade als er zwanzig zählte.

Hasenohr war vielleicht der Einzige, der die Bewegungen des Sepharden richtig deutete, und sprang sofort auf die Bremse. Er sah das dunkle Etwas, die Granate, die der Sepharde auf sie geworfen hatte, sah sie in allen Einzelheiten, so deutlich, dass sie ihm schon wieder unwirklich vorkam, und er duckte sich rasch.

Die Granate durchschlug die Windschutzscheibe, die sich dabei in trübe, fast milchige Materie verwandelte. Einen Sekundenbruchteil später erfolgte die Explosion.

Der Sepharde prüfte die Lage. Anscheinend hatte niemand einen Zusammenhang zwischen seiner Wurfbewegung und der Detonation dreißig Meter weiter unten hergestellt. Einen Moment lang war es still gewesen. Dann hatten sich die Leute um den Jeep gedrängt.

Von allen unbeachtet, beinahe gelassen ging der Sepharde zur Tonne, schob die Säcke aus der Apotheke zur Seite und griff nach dem schwarzen Müllsack mit dem Geld. Er war noch keinen halben Häuserblock weit Richtung Liberación gekommen, als er die Sirene eines Rettungswagens hörte.

Gegenüber dem Tiergarten von La Aurora nahm er einen Bus. Am Trébol stieg er um in den Autobus nach Mixco, wo sich die verlassene Tankstelle befand.

Jetzt musste er sich entscheiden, was er mit Carlomagno anstellen sollte. Aber aus irgendeinem Grund konnte sich der Sepharde, der ganz hinten saß, in der letzten Reihe eines Veloz Antigüeña, nicht konzentrieren. Er hatte die Sporttasche, die das Geld enthielt, aus dem Müllsack geholt, den Reißverschluss bei der erstbesten Gelegenheit, als ihn niemand beobachten konnte, geöffnet und eines der Geldbündel aus Hundert-Dollar-Scheinen betastet. Dann klemmte er die Tasche zwischen seine Beine und schaute aus dem offenen Fenster.

Am Polizeiposten von Mixco stieg er aus, warf sich die Tasche über die Schulter und schlug den Weg zu der ehemaligen Gulf-Tankstelle ein, die außerhalb der Ortschaft lag. Als das alte Schild in den Farben Orange und Blau hinter einigen Zypressen auftauchte, nahm er die Tasche auf die andere Schulter, um den rechten Arm freizuhaben. Dann ging er weiter.

Carlomagno war im Büro. Er hatte die Beine auf den Schreibtisch gelegt und hörte die Nachrichten von Radio La Mosca. Es war drei Minuten vor zwölf, als der Sepharde den Raum betrat.

Carlomagno nahm die Beine vom Tisch.

»Ich war schon in Sorge«, sagte er. »Ist was passiert?«

Der Sepharde zog die Pistole aus dem Halfter, deutete auf das Radio und sagte: »Sei still, ich möchte die Nachrichten hören.«

Carlomagno gehorchte, lehnte sich in seinem Stuhl zurück, schaute auf die Pistole, die nicht auf ihn gerichtet war, und fixierte dann die Sporttasche, die der Sepharde immer noch auf der linken Schulter trug.

Mit überschlagender Stimme berichtete der Sprecher

vom Unglück in der Calle Montúfar. Zwei Insassen des Jeeps Montero seien während des Transports ins Krankenhaus Roosevelt gestorben, der Dritte schwebe, bewusstlos und mit schweren Verletzungen, zwischen Leben und Tod.

Carlomagno sprang auf.

»Was ist passiert?«

»Nur mit der Ruhe«, sagte der Sepharde und richtete die Pistole auf Carlomagnos Brust.

»Ich bin ruhig, aber sag endlich, was passiert ist.«

Tatsächlich wirkte er ruhig, ja sogar gelangweilt, wie ein Schauspieler, der es schon müde ist, eine leichte Szene für eine Theateraufführung einzustudieren.

»Du hast es eben gehört«, sagte der Sepharde. »Ich weiß nicht, was passiert ist. Aber wir machen uns besser aus dem Staub.«

»Dann ziel mit diesem Ding woanders hin.«

»Sei still. Wenn ich dir den Arsch aufreißen wollte, würden wir uns längst nicht mehr unterhalten. Aber ich hab nie rausfinden können, was in deiner Birne vorgeht, also ist es besser, du machst, was ich sage. Und keine nervösen Zuckungen, wenn ich bitten darf.«

Der Sepharde stellte die Tasche auf den Schreibtisch, öffnete sie mit einer Hand und holte langsam fünf Bündel mit Hundert-Dollar-Scheinen hervor. Dann schloss er die Tasche.

»Was soll das«, sagte Carlomagno. »Wenn es die andern erwischt hat, muss man durch zwei teilen.«

»Irrtum.« Der Sepharde schüttelte den Kopf. »Das da ist mehr als genug.«

»Das ist nicht fair von dir.«

»Komm mir jetzt nicht auf diese Tour. Ich bemühe mich doch schon, gerecht zu sein. Klar? Du musst nicht ins Ausland, und hier ist das Leben billig. Ich kann nicht dableiben, und dort, wo ich hinmuss, ist das Leben mindestens doppelt so teuer.«

»Du bist wirklich ein Arsch«, sagte Carlomagno mit resigniertem Tonfall. Er nahm die Geldbündel vom Schreibtisch und stopfte sie in die Taschen seiner Fliegerjacke.

Die Nachrichten waren zu Ende, und nun wurde *Muévelo* gespielt, der neueste Hit von General. Der Sepharde steckte die Pistole ein.

»Hol deine Sachen und setz dich in den nächsten Bus nach Xela. Dort steigst du für zwei Nächte im Bonifaz ab, für den Fall, dass ich dich noch brauche, und dann schaust du selber, wie es weitergeht.«

Als Carlomagno seinen kleinen Koffer gepackt hatte, in dem er zwei Garnituren Unterwäsche, das Geld, seine automatische Pistole und vier Magazine mit Reservepatronen verstaut hatte, begleitete ihn der Sepharde noch bis zu den Zapfsäulen. Dort verabschiedeten sie sich.

»Und was machst du mit der Geisel?« fragte Carlomagno.

»Freilassen«, antwortete der Sepharde.

»Gute Idee«, sagte Carlomagno.

Der Sepharde ging in den Schuppen, in dem sie die Pritschen aufgestellt hatten, und bereitete seine Abreise vor. Er zog einen Samsonite unter seiner Pritsche hervor und hob das Futter an. Darunter befand sich ein doppelter Boden, in dem er sorgfältig die Geldscheine verwahrte. Dann füllte er den Koffer mit Kleidungsstücken, Waschzeug und ein paar billigen Romanen. Aus einer Lade der Kommode, die er sich mit den anderen geteilt hatte, holte er seine Papiere. Er prüfte seinen Pass Seite für Seite, was unnötig war, denn alles daran hatte seine Ordnung. Der Gedanke erregte ihn, dass er binnen weniger Stunden ein zweites Leben beginnen würde, in einem anderen Land, in einer neuen Umgebung. Der Reisepass war zwei Jahre zuvor ausgestellt worden, im Konsulat von New York, hatte gültige Visa für die Vereinigten Staaten, Frankreich und Spanien sowie Ein- und Ausreisestempel mehrerer Länder, wie El Salvador und Belize, Marokko und Senegal. Die vielen Erinnerungen, die mit diesem Pass verbunden waren, reichten aus, ihm zusammen mit dem Gedanken an Reisen ein leichtes Magenkribbeln zu verursachen. Und dieses Kribbeln verstärkte sich noch, so wie ein Gewürz den Geschmack einer Mahlzeit verstärkt, aufgrund der

Tatsache, dass er von seiner bevorstehenden Reise nicht mehr wusste als den Ausgangspunkt, denn sein unmittelbares Ziel hing nur vom Flugplan dieses Tages ab. Zuletzt betrachtete er sein Foto, auf dem er nicht eben vorteilhaft aussah. Dann klappte er den Pass zu, steckte ihn in die Innentasche seiner Jacke und hakte den Knopf zu, weil er Angst hatte, den Pass zu verlieren.

III

Unmittelbar nach Ende der Entführung hatte Juan Luis Ana Lucía geheiratet. Mit Zustimmung des Vaters – der sich so schuldig fühlte, dass er ihn hinsichtlich des Versprechens, das Lösegeld zurückzuzahlen, nicht beim Wort nehmen wollte – war er ins Ausland gegangen. Er hatte vor zu studieren, wusste aber nicht was, noch wo genau. Schließlich belegte er einen Kurs an einer Filmschule in New York, aber nach zwei Jahren wurde ihm klar, dass er nie die Möglichkeit haben würde, einen Film nach seinen Vorstellungen zu drehen, und er brach das Studium ab und widmete sich dem Schreiben von Kurzgeschichten. Er konnte auf eine monatliche Rente von etwas mehr als tausend Dollar zurückgreifen, und da dieser Betrag kaum ausreichte, um sich in New York ohne Nebenjobs über Wasser zu halten, beschloss das Ehepaar, nach Spanien zu übersiedeln, wo man damals – Anfang der achtziger Jahre – mit wenig Geld noch gut leben konnte. Sie ließen sich in Madrid nieder, wo Ana Lucía Bekannte hatte, und mieteten eine ziemlich kleine Wohnung in der Calle Mayor.

Im Herbst fuhren sie nach Andalusien, und die Einflüsse der islamischen Kultur, die sie dort zu sehen bekamen, begeisterten sie so sehr, dass sie kurzerhand beschlossen, mit der Fähre von Algeciras nach Tanger überzusetzen. Obwohl sie von der Stadt an sich enttäuscht waren, ließ Juan Luis der Gedanke nicht los, längere Zeit dort zu verbringen. Unter anderem, sagte er, sei das Leben in Tanger viel billiger als in Madrid, und sie würden sich eine größere Wohnung leisten können. Außerdem wäre es in Marokko viel einfacher, sich mit Hanf zu versorgen, an dessen täglichen Konsum er sich seit seiner Entführung gewöhnt hatte. Ein weiterer Grund seines Drängens lag darin, dass es ihm in der einen Woche in Tanger gelungen war, eine Erzählung zu schreiben, auf die er ziemlich stolz war. Er schickte sie nach Mallorca, an die Redaktion der Zeitschrift *Bitzoc*, die sie auch prompt druckte.

Also kehrten sie im Winter, kurz vor Weihnachten, mit der Absicht nach Tanger zurück, sich dort für einige Zeit niederzulassen. Sie mieteten ein kleines Haus mit Garten in Achakar, in der Nähe von Cap Spartel, etwa zwölf Kilometer westlich der Stadt.

Juan Luis wusste, dass Paul Bowles in Tanger lebte. Mehr als einmal hielt er in der Nähe des Postamtes am Grand Socco Ausschau nach ihm, und als er Bowles zum ersten Mal sah, in der Schalterhalle, vor den Postfächern, erkannte er ihn sofort; aber er wagte es nicht, ihn anzusprechen, sondern ging einfach an ihm vorbei, wobei er ihn fast streifte. Es war, als würde eine unbekannte Kraft es ihm verbieten, stehen zu bleiben und den andern zu grüßen, ihn stattdessen vorwärtsschieben, weiter und vorbei, hinaus auf die Straße, auf der er sich rasch davonmachte, schrecklich aufgeregt, als wäre er um ein Haar einer großen Gefahr entronnen.

Sobald er etwas wirklich Gehaltvolles geschaffen habe, werde er den Mut fassen, Bowles anzusprechen. Mit diesen Worten – die er freilich nur an sich selbst richtete – versuchte er, seine Schüchternheit zu rechtfertigen. Obwohl die Gastfreundschaft des Meisters sprichwörtlich war und Ana Lucía sich mehrmals angeboten hatte, gemeinsam mit ihm Bowles in dessen Wohnung aufzusuchen, wagte es Juan Luis nicht einmal, ihm eine Karte oder einen Brief zu schicken.

So vergingen drei Jahre, in denen die Lebenshaltungskosten in Tanger unaufhaltsam stiegen, so dass das Ehepaar Luna – auch wenn es immer noch sein Auskommen fand – an eine Rückkehr nach Guatemala zu denken begann, und Juan Luis nichts schrieb, was ihm wertvoll genug erschien, um seine Angst zu besiegen und den großen Schriftsteller zu behelligen.

Sie hatten mehrere lange Reisen in den Süden unternommen und dabei Dörfer und Oasen von Tiznit bis Figuig, von Taza bis Foum el Hassane kennen gelernt. Juan

Luis konnte es fast nicht glauben, dass sie sich in diesen drei Jahren, in denen sie fast ausschließlich füreinander da waren, niemals gelangweilt hatten, und insgeheim schrieb er diesen glücklichen Umstand mehr dem Reiz des Landes zu, das auf ihn berauschend wirkte, als seinen eigenen Tugenden oder denen seiner Frau.

»Es regnet viel mehr als letztes Jahr«, sagte Ana Lucía.

Juan Luis hatte das Gleiche vor einer Woche gesagt, als seine Prothese ihm wegen der hohen Luftfeuchtigkeit große Beschwerden verursacht hatte und er in Sorge gewesen war, der Schmerz im Knöchel werde es ihm nicht erlauben, auch nur einen Schritt zu gehen.

»Hoffentlich macht uns dein Fuß nicht wieder zu schaffen«, sagte sie wie geistesabwesend. »Das Dach ist in einem schlimmen Zustand, Liebling. Weißt du, langsam habe ich Tanger satt.«

»Das hier ist Achakar. Und die Leute brauchen den Regen.«

»Ich habe Marokko satt. Hast du nicht wieder Lust auf einen Ortswechsel?«

»Ich weiß nicht. Vielleicht.«

»Überlegen wir es uns, ja?«

Später, beim Abendessen, als sie neben dem kleinen Kamin am offenen Feuer saßen, sagte sie:

»Es wäre schade, wenn wir weggingen, ohne Bowles kennen gelernt zu haben.«

Er nickte, aß aber wortlos weiter.

Eine ganze Woche lang regnete es ohne Unterlass. Die Straßen waren verschlammt und voller Pfützen, und die Felder um Achakar standen unter Wasser, aber die Marokkaner schienen höchst zufrieden zu sein.

Juan Luis saß tagsüber am offenen Kamin, lesend, die Beine in eine Wolldecke gewickelt, und Ana Lucía beteuerte ein ums andere Mal, sie werde ernsthaft erkranken, wenn nicht bald die Sonne schien; durch die Art, in der sie das sagte, wurde deutlich, dass sie ihren seelischen Zustand meinte.

An einem Samstagmorgen hörte es endlich zu regnen auf, gleich darauf brach die Sonne durch die Wolken. Innerhalb weniger Stunden stand alles in Blüte, und Duftschwaden wehten durch das Dorf. Kurz nach Mittag war die Erde schon fast trocken, und im Nachmittagslicht schimmerten die dunklen Palmblätter wie Metall.

Die Luna machten einen Spaziergang. Sie überquerten die Landstraße, wanderten hinunter an den Strand und weiter auf Sand und über Felsen zum Restaurant Sol. Eine scharfe Linie trennte das Meer vom Himmel. Der Schaum – über einem Meer, dessen Blau viel kräftiger war als das des Himmels – war weiß wie Milch, hatte aber hie und da violette und rosarote Schattierungen. Im Sol tranken sie Bier, dazu wurde ihnen auf kleinen Tellern Seehecht serviert.

Später fuhren sie mit dem Auto auf den Gipfel des Mediuna, von wo die spanische Küste zu sehen war; fern im Nordwesten erhob sich der kegelförmige Felsen von Trafalgar, und der weiße Schimmer dahinter, das musste Cádiz sein.

Gegen Abend tranken sie im Dorf marokkanischen Tee. Der kleine Ausflug hatte Juan Luis wieder hungrig gemacht, und er lud Ana Lucía zum Abendessen in die Stadt ein.

»Denkst du an ein bestimmtes Lokal?« fragte sie.

Er überlegte einen Augenblick lang.

»Es gibt ein neues Restaurant, das Montecarlo. Ich habe gehört, dass Bowles dort manchmal einkehrt.«

»Nichts wie hin«, antwortete sie begeistert.

Sie waren also, zwei Stunden später, nicht überrascht, als sie Bowles in das Restaurant kommen sahen. Er war in Begleitung seines Chauffeurs und eines jungen Paares – wahrscheinlich Deutsche, dachte Juan Luis – sowie einer Frau mittleren Alters, die irgendwie semitisch, aber nicht marokkanisch aussah. Ein Kellner wies ihnen einen reservierten Tisch an, und die Frau – die, wie sich dann herausstellte, aus Paris stammte – warf beim Hinsetzen ein leeres Glas um. Gelächter. Dann kam der Oberkellner herbeigelaufen, um Bowles persönlich zu begrüßen. Juan Luis, dessen Augen immer wieder zum Tisch seines berühmten Kollegen wanderten, sah mit Bewunderung, wie verschieden die beiden Männer waren, die sich jetzt die Hände reichten. Er hielt sich nicht für einen Rassisten, genauso wenig wie er an die Überlegenheit der besitzenden Klasse oder einer Elite glaubte, aber er konnte nicht umhin, diese beiden Menschen zwei völlig unterschiedlichen Welten zuzuordnen, und er dachte, selbst wenn sich in diesem Augenblick ihre Hände berühren, trennt sie doch eine Distanz, die im Lauf eines Lebens unmöglich zu überwinden ist. Der Marokkaner verschwand in der Küche, kehrte aber gleich wieder zurück, gefolgt von einem Mann, bei dessen Erscheinen es Juan Luis kalt über den Rücken lief. Der Oberkellner stellte ihn Bowles und seiner Begleitung als Monsieur Pérez vor, den Besitzer des Restaurants.

»Was hast du?« fragte Ana Lucía.

»Ach nichts.« Juan Luis versuchte zu lachen. »Ich glaub, ich seh Gespenster.«

»Es reicht. Hör auf, hinüberzustarren, das gehört sich nicht.«

Juan Luis schlug die Augen nieder. Vor ihm stand eine Porzellanschale mit schwarzen Oliven. Er stierte auf sie, als könnte er damit den Wirbel in seinem Kopf bändigen.

»Was ist denn mit dir los, Juan Luis!«

Er schaute sie an.

»Nichts.«

Die Stimme des Restaurantbesitzers drang wie von weit her an sein Ohr.

»Ich bin ein großer Bewunderer von Ihnen«, sagte er. »Ich hab alle Ihre Romane gelesen.«

Und Bowles' Stimme, ein wenig scharf:

»Tatsächlich?« Er lachte ungläubig. »Von wo sind Sie?«

»Sie fragen wegen meines Akzents, stimmts? Sie haben ein feines Gehör.« Er warf einen Blick in die Runde, und Bowles' Begleiter nickten zustimmend. »Ich hab mich in verschiedenen Ländern herumgetrieben. In Mexiko und in Venezuela, und auch in Guatemala. Überall ist etwas hängen geblieben.«

»Entschuldige«, sagte Juan Luis zu Ana Lucía. Ohne nach seinem Stock zu greifen, stand er auf und folgte dem Schild mit der Aufschrift »Toilettes«.

Er betrachtete sich im Spiegel und sah, dass alle Farbe aus seinem Gesicht gewichen war. Er beugte sich über die Klomuschel und erbrach. Monsieur Pérez hatte nicht nur das Aussehen, sondern auch die Stimme des Mannes, der ihn verstümmelt hatte, und Bowles' Frage nach dessen Akzent hatte seine Bestürzung in Gewissheit verwandelt, in eine nicht zumutbare Gewissheit, die aber deshalb nicht weniger real war. Oder es war schon so, wie er zu Ana Lucía gesagt hatte: dass er einer Sinnestäuschung erlegen war – er dachte, dass ihm vielleicht das Marihuana einen bösen Streich spielte, das er am Nachmittag, während ihres Spaziergangs durch den Wald von Mediuna, geraucht hatte. Er wusch sich das Gesicht, trocknete sich sorgfältig mit einem Papierhandtuch ab und hinkte zu ihrem Tisch zurück. An Bowles' Tisch war ein Kellner gerade damit beschäftigt, die Suppenteller abzuräumen. Der Besitzer hatte sich bereits entfernt. Juan Luis trank einen Schluck Wasser und atmete erleichtert auf.

»Fühlst du dich besser?« sagte Ana Lucía.

»Ich hab mich übergeben müssen. Es geht schon wieder.«

Sie machte ein angewidertes Gesicht.

»Du Armer. Sollen wir nicht lieber gehen? Was kann es gewesen sein?«

»Vergiss es.« Er lächelte. »Ich erzähl es dir später.«

Auf der Rückfahrt nach Achakar legte Juan Luis eine Kassette mit Flamenco ein. Sie wechselten kaum ein Wort. Als sie bereits zu Hause waren, meinte Ana Lucía, wie schade, dass ihm schlecht geworden sei, andernfalls hätten sie Bowles ansprechen können.

»Aber vielleicht war es nicht der passende Augenblick«, sagte sie dann.

Im Bett schmiegte sie sich an ihn.

»Willst du mir nicht sagen, was los war?«

»Mmmh. Ich bin schon am Einschlafen. Ich weiß nicht, wie ich es dir erklären könnte.« Er dachte nach, sagte aber nichts mehr, und ein paar Minuten später war er wirklich eingeschlafen.

Vom Garten her waren das Gezeter der Spatzen und das Brummen der Hummeln zu hören. Ana Lucía machte sich schon in der Küche zu schaffen, und der Duft nach frisch gebrühtem Kaffee drang ins Schlafzimmer. Während er aufstand, versuchte sich Juan Luis an einen Traum zu erinnern, von dem ihm nur ein beklemmendes Gefühl geblieben war. Er stützte sich auf seinen Stock und betrachtete einen Augenblick lang die Münzen, die er vor dem Schlafengehen auf den Nachttisch gelegt hatte, und er beschloss, Ana Lucía nichts von der unerwarteten Begegnung im Montecarlo zu erzählen.

Er ging ins Bad, um sich die Zähne zu putzen, zog die Vorhänge im Schlafzimmer zurück und brachte seine kurze Morgengymnastik hinter sich. Dann ging er ins Esszimmer, küsste Ana Lucía auf die Lippen und setzte sich, mit einem leichten Schuldgefühl, ihr gegenüber an den Frühstückstisch. Aber aus Takt, oder weil sie ihm sein Schweigen immer noch nachtrug, unterließ sie jede Anspielung auf den Abend zuvor. Hingegen kam sie wieder auf ihren Wunsch zu sprechen, Tanger zu verlassen. Es sei ihr egal, wohin sie übersiedeln würden, ob nach New York, nach Spanien oder nach Guatemala, sagte sie. Sie habe die marokkanische Mentalität einfach satt.

»Was ist eigentlich mit uns los«, fragte er, und im selben Augenblick wurde ihm bewusst, dass seine Frage ein wenig grausam war.

»Ich weiß es nicht. Aber ich weiß, wann mir ein Ort schlecht bekommt. Hier habe ich einige meiner glücklichsten Jahre verbracht, aber da ist etwas, das mir sagt – übrigens schon seit Tagen –, dass es Zeit ist, Abschied zu nehmen. Spürst du nichts davon? Sei ehrlich.«

»Offen gesagt nein«, antwortete er. Er zog sich gerade seinen Mantel an, denn sie wollten einen Spaziergang machen. Als sie ihm den Stock reichte, sagte er: »Aber vielleicht würde uns ein Klimawechsel gut tun.«

Einige Tage später beschloss er, nach Tanger zu fahren, um Näheres über Monsieur Pérez herauszufinden. Unter dem Vorwand, auf den Markt zu gehen und beim Schuster vorbeizuschauen – und im Wissen darum, dass Ana Lucía ihn nicht begleiten konnte, weil das der Tag war, an dem Aisha sauber machte, und sie konnten sie nicht allein lassen, weil sie dann alles verkehrt machte –, sagte Juan Luis, dass er in die Stadt fahren werde. Ana Lucía merkte, dass er sie, absichtlich oder unbewusst, nicht dabeihaben wollte, aber sie protestierte nicht.

»Die Orangen sind auch schon aus, oder?« sagte er, bevor er abfuhr.

»Ja. Auch Zucker ist schon knapp. Im Dorfladen haben sie alles, wenn du dir die Fahrt ersparen willst. Übrigens, auch Zwiebeln brauchen wir. Und es wär nicht schlecht, wenn du neues Butangas besorgen könntest. Die Gasflasche im Bad ist fast leer. Und Aisha braucht einen Besen. Wirklich, es ist besser, du fährst, aber sei bald zurück, ja. Zum Mittagessen?«

Juan Luis parkte ungefähr dreißig Meter vor dem Haupteingang des Montecarlo und blieb noch eine Weile hinter dem Steuer des R-4 sitzen. Die Morgensonne fiel auf seinen Schoß, und er hörte eine Kassette von Strawinsky – kurze Stücke für Klavier und Orchester –, während er die Tür des Restaurants im Auge behielt, durch die von Zeit zu Zeit Kellner und Küchenjungen, Lieferanten und der eine und andere Bettler hasteten. Ihm ging vieles durch den Kopf. Vage Fragen hinsichtlich des Zufalls, des Schicksals oder dessen, was die Moslems unter dem Wort »mektoub« verstehen. Im Rückblick schien alles irgendeinen Sinn zu haben, zumindest konnte man fast allem einen Sinn zuordnen. Aber es ist ein Irrtum zu glauben, dass das, was erst geschehen wird, schon vorbestimmt ist, dachte er. Im Warten darauf, dass Monsieur Pérez auftauchen werde, glich er einem Menschen, der sich nur deshalb von einem erhöhten Platz fallen lässt, weil er ein ihm unbekanntes Gefühl kennen lernen möchte. Aber da war noch etwas. Und zwar hörte er eine Stimme, die aus einem anderen Teil seines Gehirns zu kommen schien und die ihm sagte, dass er hier sei, weil es seine verdammte Pflicht sei, hier zu sein. Und er brauchte eine Weile, um dahinter zu kommen, dass diese Stimme die seines Vaters war, und das machte ihn wütend.

Als er endlich den Besitzer aus dem Restaurant kommen sah, klammerte er sich ans Lenkrad, und er fühlte, wie sein Herz anfing, schneller und kräftiger zu klopfen. Er sah, wie Monsieur Pérez die Straße überquerte, in einen grauen Citroën neueren Baujahrs stieg und losfuhr. Er war es.

Ich muss zum Schuster, sagte sich Juan Luis, als hätte er den Satz oft eingeübt. Die Stiefel, die er sich in Spanien gekauft hatte, waren sicher schon neu besohlt.

Trotzdem blieb er ruhig sitzen, bis die Kassette zu Ende war. Dann stieg er aus dem R-4, ließ seinen Stock im Auto zurück und ging die Straße hinunter zum Restaurant, wobei er bemüht war, sich das Hinken nicht anmerken zu lassen. Bei jedem Schritt spürte er einen stechenden Schmerz. Die Tür stand halb offen, weil jemand einen Kübel mit Schmutzwasser mitten in den Eingang gestellt hatte. Drinnen war es dämmrig, und ein Geruch nach kaltem Zigarettenrauch, Fett und Fisch lag in der Luft des Speisesaals, in dem niemand zu sehen war.

Juan Luis machte einen Schritt zurück und klingelte. Gleich darauf kam ein Mann in einem hellblauen Trainingsanzug aus der Küche gelaufen und baute sich vor Juan Luis auf. Es war der Oberkellner.

»Chni bghiti?« fragte er in marokkanischem Dialekt, mit abweisendem Blick.

»Oh. Pardon. Je ne parle pas l'arabe. Espagnol ou français?«

»Mais oui.« Etwas glänzte in den schwarzen Augen unter den dichten Brauen des Oberkellners. »Sie waren gestern Abend hier, nicht wahr? Mit Monsieur Bowles, hab ich recht?«

»Stimmt«, hörte sich Juan Luis sagen. »Sie haben ein gutes Gedächtnis.«

»Ein gutes Personengedächtnis«, sagte der andere. »Womit kann ich Ihnen dienen?«

»Es ist nämlich ...«

Ein Moped fuhr knatternd vorüber. Teller klirrten in der Küche. Eine Fliege setzte sich auf die glänzende Stirn des Oberkellners.

»Ich wollte den Besitzer etwas fragen.«

»Er ist eben weggegangen.«

»Es ist nichts Dringendes. Könnten Sie mir die Telefonnummer geben? Ich hätte gern gewusst, ob Sie auch eine Tafel für eine größere Gesellschaft ausrichten.«

»Selbstverständlich.« Der Oberkellner zog die Brieftasche aus der Tasche seiner Trainingshose und holte eine Visitenkarte hervor. Er reichte sie Juan Luis mit einem Lächeln, wobei er seine großen fleckigen Zähne entblößte. »Hier, zu Diensten.«

Juan Luis nahm die malvenfarbene Karte, auf der in blauen und roten Buchstaben der Name des Restaurants gedruckt war: »MONTECARLO. Spécialités méditerranéennes«.

»Vielen Dank«, sagte er. »Ich werde anrufen. Verzeihen Sie, ist das der Name des Besitzers?«

»Ja. Martín Pérez.«

»Danke. Und Sie heißen?«

»Abdelghani«, sagte der andere und zeigte wieder seine großen gelben Zähne.

»Nochmals vielen Dank«, sagte Juan Luis und machte auf seinem gesunden Fuß kehrt. Er ging fast ohne zu hinken die Straße hinauf und verbiss sich den Schmerz.

»Gern geschehen!« rief der Marokkaner hinter seinem Rücken.

Vom Boulevard Mohammed V bog Juan Luis in die Rue Vélasquez ein, hielt vor der Fax-Téléboutique El Faro und betrat den Laden. Der Junge gab ihm die Mappe mit den eingegangenen Nachrichten, und er sah sie rasch durch – weder für Ana Lucía noch für ihn war etwas dabei.

»Könnten Sie mir bitte ein Blatt Papier geben? Ich möchte ein Fax senden.«

»Oh, oui, monsieur.« Der Junge öffnete eine Lade, zog ein Blatt Papier heraus und reichte es Juan Luis.

Juan Luis ging in eine der Telefonzellen, setzte sich auf die Bank und legte das Papier zum Schreiben auf das Telefonpult.

Für gewöhnlich schickte er seinem Vater alle zwei Monate ein Lebenszeichen, auf das der Alte mit ein paar Zeilen antwortete, die genauso banal waren wie seine eigenen.

Aber das Fax heute würde von der Regel abweichen. Er musste einer Sache nachgehen, von der er seit Jahren nichts hatte wissen wollen. Also kam er, nach der üblichen Anredefloskel, gleich zur Sache:

Soweit ich mich erinnere, sind zwei Mitglieder der Bande, die mich seinerzeit entführt hat, bei dem Unfall im Jeep ums Leben gekommen. Aber hast du je die Namen der Überlebenden herausfinden können? Ich hätte sie gern gewusst. Es ist zwar unwahrscheinlich, dass mir einer von ihnen zufällig über den Weg läuft, aber man kann es auch nicht ausschließen, vor allem jetzt nicht, wo die Welt anscheinend so klein geworden ist. Die Hoffnung, dass wir eines Tages doch noch das Lösegeld zurückbekommen, habe ich allerdings aufgegeben …

Zuletzt bat er seinen Vater, ihm nicht per Fax, sondern mit einem Brief zu antworten, denn in Tanger würden viele Leute Spanisch sprechen, und die Bediensteten der Téléboutique seien ziemlich neugierig und erlaubten jedermann, die eingegangenen Nachrichten anzusehen.

Er trat aus der Kabine, reichte dem Jungen das Papier und wartete vor dem Ladentisch, während der andere es einlegte und die Nummer wählte. Kleine rote und gelbe Lichter gingen an und erloschen; das Papier wurde eingezogen und kam unterhalb der Walze wieder zum Vorschein. Dreimal war ein Piepsen zu hören, dann gab ihm der Junge das Blatt zurück.

Nachdem er den Laden verlassen hatte, ging Juan Luis zur Place du Phare hoch. Dort ließ er sich die Schuhe putzen, während er sich an eine der alten portugiesischen Kanonen lehnte, deren Rohre auf die andere Seite der Meerenge gerichtet waren. Er gab dem Schuhputzer ein Trinkgeld, dann ging er auf den Markt in der Rue de Fès einkaufen und schaute beim Schuster vorbei, der ihm sagte, dass seine Stiefel noch nicht fertig waren.

So langsam wie nie zuvor fuhr er auf der Hochstraße, die sich in vielen Kurven um das Cap Spartel schlängelte, nach Hause. Er dachte, er habe keine andere Wahl, als den Sepharden zu töten oder töten zu lassen.

Nachts, nachdem er mit Ana Lucía geschlafen hatte, kurz vor dem Einschlafen, dachte er wieder daran, dass er ihn töten müsse, und das Bild des leblosen, geköpften Sepharden stand ihm vor Augen.

Zwei Wochen später erhielt er einen Eilbrief, den ihm sein Vater aus den Vereinigten Staaten hatte schicken lassen, weil die Postbeamten in Guatemala seit einem Monat streikten. Don Carlos teilte ihm die Namen der noch lebenden Bandenmitglieder mit – keiner von ihnen hieß Martín Pérez. Es wäre natürlich möglich, dass sich der Sepharde einen anderen Namen zugelegt hat, sagte sich Juan Luis, aber im selben Atemzug kam er sich wie ein Feigling vor, denn die Auskunft enthob ihn jeder Verantwortung. Er brauchte nicht mehr daran zu denken, jemanden zu töten.

Obwohl dieser Umstand sein Gewissen erleichterte, entging ihm doch nicht, dass er in Gefahr schwebte, wenn der Besitzer des Montecarlo tatsächlich der Sepharde war. Er hatte immer wiederkehrende Alpträume, die sich um das gewaltsame Ende des Sepharden drehten. Einmal ließ er ihn, ohne die geringsten Schuldgefühle, von gedungenen Mördern töten; dann wieder erschoss er ihn hinterrücks, ohne dem anderen die geringste Möglichkeit zu geben, sich zu wehren, und ohne das Gefühl zu haben, dass es unrecht war.

Inzwischen hatten Ana Lucía und er schon den Tag festgesetzt, an dem sie Paul Bowles besuchen wollten. Es war ein Sonntagnachmittag im Februar.

Die Begegnung verlief von Anfang an harmonisch. Bowles' Chauffeur war nicht anwesend – er hatte sonntags frei –, und Bowles empfing sie mit jener ausgesuchten Höflichkeit, für die er bekannt war. Nie zuvor, so erschien es Juan Luis, hatte er so köstlichen Tee getrunken. Sie unterhielten sich über die Orte, die alle drei auf ihren Reisen kennen gelernt hatten – in Mexiko, in Guatemala und in Marokko –, und »über die Dinge, die immer noch da waren, und über die, die schon vergangen waren«.

Die Zeit verging wie im Flug, und irgendwann fragte Bowles, ob sie nicht auch hungrig geworden seien. Daraufhin schlug Ana Lucía vor, ein Restaurant aufzusuchen – die beiden bestanden darauf, Bowles einzuladen, und es bedurfte keiner großen Überredungskunst, damit der Gastgeber einwilligte. Während Ana Lucía und der Meister auf den Lift warteten, lief Juan Luis, so schnell er konnte, die Stiege hinunter, wobei er seinen Stock mit dem Silberknauf zur Hilfe nahm, und holte die beiden im R-4 ab, den er um die Ecke geparkt hatte.

Als sie über die Place El Koweït fuhren, sagte Bowles, es werde wohl schwer sein, an einem Sonntag ein Restaurant zu finden, aber Ana Lucía wusste, dass das Montecarlo geöffnet hatte, weil sie dort einen Tisch bestellt hatten.

Juan Luis betrat, am Stock gehend, als Erster das Restaurant. Der Oberkellner kam ihm entgegen und begrüßte ihn mit Handschlag, wobei er, lächelnd, seine großen Zähne entblößte. Die Kellner, die wie Soldaten im Halbkreis Aufstellung genommen hatten, verneigten sich vor Bowles, der Ana Lucía am Arm führte. Sie folgten dem Oberkellner an einen runden Tisch, der neben einem Fenster mit beschlagenen Scheiben stand, in einem Winkel des Salons.

Während des Essens unterhielt sich Juan Luis mit Bowles über dessen Erzählungen.

»In einer Ihrer Geschichten, in ›Allal‹, kommt es zu einem Tausch von Bewusstsein«, sagte er.

»Alle meine Erzählungen beruhen auf bloßen Annahmen. Wenn etwas wie ein Tausch von Bewusstsein möglich wäre, ohne dass die Zeichen oder die Wörter eingreifen, würde es so geschehen, wie ich es beschrieben habe. Aber wir wissen, dass es nicht möglich ist.«

»Glauben Sie denn nicht an Telepathie?«

»Doch. Ich halte eine Verständigung per Telepathie für möglich. Aber sie entspricht nicht einem Bewusstseinstausch, so wie ich ihn in ›Allal‹ entworfen habe.«

Plötzlich stand der Sepharde neben Juan Luis und begrüßte Bowles, der ihm über den Tisch hinweg die Hand reichte.

»Alles in Ordnung?« sagte der Sepharde.

Bowles antwortete, dass alles zu ihrer Zufriedenheit sei.

»Die Herrschaften hier kommen aus Guatemala«, sagte er dann und betrachtete den Sepharden interessiert.

»Willkommen in Tanger«, sagte dieser mit einer leichten Verbeugung, während er Ana Lucía durchdringend ansah. »Wann sind Sie eingetroffen?«

»Das ist schon ziemlich lange her«, sagte sie. »Fast drei Jahre.«

Juan Luis spürte, wie seine Hände und Beine zu zittern begannen. Er war es.

»Aber wir sind schon fast am Abreisen«, sagte Ana Lucía.

»Gehts zurück in die Heimat?«

»Sie haben in Guatemala gelebt«, sagte Bowles zum Besitzer, »nicht wahr?«

»Ja, vor vielen Jahren.«

»Wie lange?« fragte Juan Luis.

»Acht oder neun Jahre. Das heißt, fast zehn.« Im blassen, glänzenden Gesicht des Restaurantbesitzers ging eine leichte Veränderung vor sich, als wären in ihm alte Erinnerungen geweckt worden. »Ein schönes Land«, sagte er dann. »Aber zu viel Gewalt.« Mit seinen kleinen Augen schaute er über den Tisch hinweg in die mit rotem Samt drapierte Ecke, in die Juan Luis den Stock gelehnt hatte. Eine senkrechte, tiefe Falte zeichnete sich zwischen seinen Brauen ab.

»Warum sagen Sie das?« fragte Juan Luis.

»Warum?« Der Besitzer verzog das Gesicht zu einem Lachen. »Wegen allem.« Er schaute Bowles an. »Ein schöner Stock da. Gehört er Ihnen, Monsieur Bowles?«

»Er gehört mir«, sagte Juan Luis mit einem kaum hörbaren Zittern in der Stimme.

»Wirklich sehr schön«, wiederholte der Besitzer und betrachtete den Stock noch einen Augenblick lang. Dann sagte er: »Ich will nicht länger stören. À plus tard.«

Vielleicht ist er es doch nicht, dachte Juan Luis, während er dem anderen nachsah, wie er hinter der Schwingtür in der Küche verschwand. Ich hoffe, dass er es nicht ist. Dann beschäftigte er sich damit, das letzte Stück seines Entrecote zu schneiden.

Nach dem Essen wurde Bowles wortkarg, und Ana

Lucía merkte, dass es ihn große Anstrengung kostete, wach zu bleiben.

»Wollen wir die Rechnung verlangen?« fragte sie.

»Oui«, antwortete Bowles, »andernfalls schlafe ich auf der Stelle ein.«

IV

Ana Lucía und Juan Luis trafen voll Tatendrang und mit klaren Vorstellungen in Guatemala ein. Sie wollte Anthropologie an der Universität Francisco Marroquín studieren und Privatstunden in einer Mayasprache nehmen, entweder in Mam oder in Kekchí. Er hatte beschlossen, ein kleines Lichtspieltheater zu übernehmen, das seinem Vater gehörte und kurz vor ihrer Rückkehr geschlossen worden war, weil der frühere Pächter, ein Spekulant, Konkurs angemeldet hatte.

Sie mieteten ein Appartement in der Zone zehn, und wieder einmal begann für sie ein neuer Lebensabschnitt. Der Ortswechsel bekam ihnen gut; alles war ihnen gleichzeitig neu und vertraut.

Auch ihr Sexualleben änderte sich, zum Teil deshalb, weil Juan Luis erst nach Hause kam, nachdem er im Theater abgerechnet hatte. Das war nie vor Mitternacht, wenn Ana Lucía, die ihr Studium mit großer Hingabe betrieb, schon tief schlief, so dass sie nur während der Siesta miteinander intim wurden.

Aber Juan Luis änderte für einige Zeit seine Vorlieben;

statt zu kiffen trank er jetzt Alkohol – in Guatemala Marihuana zu besorgen, war manchmal eine riskante Sache –, und die Folgen ließen nicht lange auf sich warten. Oft kehrte er auf dem Nachhauseweg in irgendwelchen Spelunken ein, oder er besuchte eins der Bordelle, die in der Stadt trotz der Angst, sich mit Aids zu infizieren, florierten. Anfangs beschränkte er sich darauf, etwas zu trinken und das Treiben zu beobachten; später spielte er mit dem Gedanken, in diesen für Guatemala so typischen Lokalitäten eine Erzählung anzusiedeln. Eines Nachts jedenfalls trank er zu viel und ging schließlich mit einer hübschen Prostituierten aus Belize ins Bett – und die Erfahrung war ihm durchaus nicht unangenehm.

Von da an fiel es ihm schwer, der Verlockung zu widerstehen, eines jener Häuser aufzusuchen, sobald er ein paar Gläser über den Durst getrunken hatte. Nicht immer endeten seine Seitensprünge mit dem Beischlaf, aber wenn er eine besonders attraktive Frau fand … Außerdem glaubte er, eine Bereicherung seiner erotischen Vorlieben wahrzunehmen und die Fähigkeit zu erwerben, selbst bei eindeutig hässlichen Frauen eine Eigenschaft oder einen körperlichen Reiz aufzuspüren, die sie gewinnend und begehrenswert machten. Es war nicht so, dass er seine Frau weniger liebte. Jedes Mal, wenn er mit ihr schlief, sagte er sich, dass das die wahre Vereinigung sei, die einzige Art Sex, die er mochte, und er wusste, dass das andere etwas

Momentanes war, eine schlechte Gewohnheit, die er loswerden müsse.

Eines Nachts im September sperrte er die Kasse nach einer schlecht besuchten Spätvorstellung weg. Draußen regnete es in Strömen, aber als er seine Hände an das Lenkrad legte, wusste Juan Luis, dass er nicht gleich nach Hause fahren würde – Ana Lucía musste am nächsten Morgen früh aus dem Bett, um im Armenviertel Mezquital eine Umfrage zu starten –, sondern in die Casa de las Flores, die in der Nähe des Trébol lag.

Er parkte als Letzter in einer Reihe von fünf oder sechs Privatfahrzeugen und Taxis, beschloss, seinen Stock im Auto zu lassen, und hinkte durch den Regen auf den überdachten Eingang zu, wo ihn der Türsteher nach Waffen abtastete, ehe er ihm das Eisentor aufschloss.

Juan Luis betrat den Salon, in dem sich an die zwanzig Frauen und vier oder fünf Kunden befanden. Die Prostituierten saßen auf Sesseln und Sofas, und die Männer standen weiter hinten an der Theke. Juan Luis lehnte sich an eine Säule in der Mitte des Salons.

Drei Mädchen schauten ihn an. Eine von ihnen, die schlank war, blond gefärbte Haare und silbrig geschminkte Lippen hatte, kam mit schwingenden Hüften auf ihn zu.

»Na Süßer«, sagte sie. »Warum so allein?«

»Besser allein …«, sagte er und lächelte.

»Aber bei mir bist du in guter Gesellschaft«, erwiderte

die falsche Blondine, hob eines ihrer Beine an, die bis zum Slip hinauf nackt waren, und rieb sich an ihm. Sie roch nach einer billigen Imitation von Chanel N° 5 und trug Ohrringe und eine Halskette aus falschen Perlen. Ihre Hand, deren Fingernägel ebenfalls silbrig glänzten, strich über seinen Brustkorb.

»Wie stark du bist, Süßer. Welchen Sport treibst du denn?«

Er lachte in sich hinein.

»Keinen.«

»Brauchst es auch nicht, so fit, wie du bist.« Langsam glitt ihre Hand tiefer. »Schau, wie groß dein Ding schon ist«, flüsterte sie ihm ins Ohr, und dabei legte sie die Hand auf sein Geschlecht.

Wenig später handelten sie den Preis aus. Juan Luis erhielt einen kleinen Rabatt, und die Frau ging vor ihm die Treppe hinauf in eines der Zimmer. Dort zogen sie sich aus, wobei sie einander über das Bett hinweg zusahen. Sie löschte das Licht, ehe sie den Büstenhalter ablegte, in einem Anflug von Scham, die nicht angebracht war, wie Juan Luis befand, denn ihre Brüste waren wirklich schön, straff, mit stark ausgeprägten Warzen. Sie legte sich im Slip aufs Bett, und er legte sich neben sie.

»Was ist mit deinem Fuß passiert, Süßer?«

»Ich hatte einen Unfall, vor vielen Jahren.«

Auf ihre Bitte kamen sie ohne Vorspiel zur Sache.

Wahrscheinlich hatte sie heute schon einen Freier, dachte er, denn ihre Möse war sehr feucht und roch nach Seife.

Als sie fertig waren, stand sie auf und lief hinaus auf den Flur, um sich im Badezimmer zu waschen. Bei ihrer Rückkehr lag Juan Luis immer noch auf dem Bett. Sie sagte, dass das Bad jetzt frei sei. Juan Luis stand auf, schlüpfte in die Hose und in die Schuhe und warf sich das Handtuch über die Schulter, das sie ihm aufs Bett gelegt hatte, bevor sie in den Flur gelaufen war.

Als er ein paar Schritte gemacht hatte, trat ein Mann aus einem Zimmer auf der anderen Seite des Flurs. Er überholte Juan Luis auf dem Teppichläufer, der bis vor die Badezimmertür ausgelegt war, öffnete die Tür, wobei Juan Luis einen Augenblick lang sein Gesicht im Profil sehen konnte, machte das Licht an und warf die Tür hinter sich zu. An der Schläfe hatte er eine tiefe Narbe, und sein Ohr weckte eine heftige Erinnerung in Juan Luis, der sofort kehrtmachte und die Zimmertür hinter sich schloss. Er setzte sich auf den Bettrand. Seine Augen hatten ihm einen Streich gespielt, dachte er. Wahrscheinlich hatten sie ihn auch in Tanger getrogen. Wenn es so war, dann handelte es sich bei dem Mann, der sich gerade duschte, nicht um seinen ehemaligen Schulkameraden und nachmaligen Entführer, den er für tot gehalten hatte, gestorben bei dem Unfall, im Jeep oder kurz danach. Nicht um den, der auf den Spitznamen Hasenohr hörte.

Er hat mich nicht gesehen. Er hat mich nicht sehen können. Gott sei Dank.

»Ist was?« fragte die Prostituierte, während sie den Reißverschluss an ihrem Kleid hochzog.

»Nichts. Jemand anderer ist mir zuvorgekommen.«

»Ich geh runter. Gibst du mir das Geld?«

Juan Luis öffnete ihr die Tür, schloss sie gleich wieder und horchte. Das Blut schoss ihm in den Kopf. Er hörte leise die Musik von unten und die Stimme eines Mädchens, das nach der Putzfrau rief: »Pascuaaala! Papier auf Nummer sechs!«

Juan Luis öffnete die Tür einen Spalt und sah Pascuala am Ende des Flurs mit einer Rolle Klopapier auftauchen. Sie händigte es dem Mädchen aus, das seinen Kopf aus der Zimmertür gegenüber streckte.

Er wartete, bis er den anderen Kunden aus dem Bad kommen und die Stiege hinuntergehen hörte. Erst dann hinkte er ins Badezimmer. Er ließ das Wasser laufen, während er sich auszog, aber es nützte nichts: in der Casa de las Flores gab es kein Warmwasser. Mit kaltem Wasser, und nicht ohne Gewissensbisse, seifte er sein Glied ein, das ziemlich geschrumpft war.

Eines Samstagnachmittags rief Don Carlos bei ihnen zu Hause an, um Juan Luis und Ana Lucía zum Mittagessen in sein Landhaus einzuladen, das in San José Pinula lag, ein paar Kilometer außerhalb der Hauptstadt. Er wollte mit Caya hinausfahren, die ihm immer noch den Haushalt führte, auch wenn sie langsam blind und taub wurde. Sie würde geschmortes Schweinefleisch kochen, eine von Juan Luis' Lieblingsspeisen. Ana Lucía sagte, sie könne nicht mitkommen, denn sie bereitete sich auf die Zwischenprüfungen an der Universität vor.

»Wenn du nicht sehr spät zurückkommst, könnten wir ins Kino gehen. Das würde mir helfen, vor dem Einschlafen den Kopf ein wenig klar zu kriegen«, sagte sie zu Juan Luis.

»Ich sehe gerade, dass sie im Tikal heute *The Killing* spielen, von Kubrick.«

»Dann erwarte ich dich gegen sechs.«

Don Carlos und Juan Luis speisten auf der Veranda des Hauses, von der man das Gehege sehen konnte, in dem zwei andalusische Stuten grasten, und weiter hinten einen Hügel mit jungen Kiefern. Es war ein ruhiger, heißer Sonntag, und im dunkelblauen Himmel stand nur eine Wolke, fast unbeweglich und fast körperlos.

»Eigentlich bin ich froh, dass du allein gekommen bist«, sagte Don Carlos. »Ich wollte dir nämlich erzählen, was mir vor ein paar Tagen zu Ohren gekommen ist. Dass man dich in einem Bordell namens Las Flores gesehen hat. Stimmt das?«

Juan Luis zog die Brauen hoch und schaute seinem Vater in die Augen.

»Ja. Wer hat es dir erzählt?«

»Die Sünde hat viele Münder …«

Juan Luis trank einen Schluck Bier aus der Flasche.

»In Ordnung«, sagte er. »Übrigens, du wirst nicht erraten, wen ich dort gesehen habe.«

Don Carlos schaute ihn fragend an.

»Hasenohr, meinen Schulkameraden vom Liceo Javier. Er war einer von denen, die mich entführt haben. Ich hab geglaubt, er ist bei dem Unfall im Jeep gestorben. Hast du das nicht auch angenommen?«

Don Carlos schaute seinen Sohn ungläubig an, schüttelte jedoch den Kopf.

»Nein, der ist mit dem Leben davongekommen. Zwei andere sind gestorben. Barrios und einer, den sie den Schrecklichen nannten.« Er schaute um sich, wie wenn er sich vergewissern wollte, dass sie allein waren. »Ich hab diesen Typen, nachdem sie dich freigelassen haben, eine Zeit lang überwachen lassen. Offenbar hat er keinen Groschen von dem Lösegeld gesehen. Der Detektiv, den ich auf ihn angesetzt habe, hat behauptet, dass das mit dem Jeep gar kein Unfall war. Es war ein anderer aus der Bande. Sie hatten irgendein Problem untereinander.«

»Was hast du noch über Hasenohr herausgefunden?«

»Nach den letzten Berichten, die ich erhalten habe, hat er sich in Quezaltenango herumgetrieben. Aber das ist über fünf Jahre her. Möglich, dass er selbst hinter einem seiner Kumpane her war, einem von denen, die das Geld eingesteckt haben.«

»Das heißt, sie haben Hasenohr ausgetrickst.«

»Ja.«

Sie nahmen einen Schluck Bier.

»Wer hat dir gesagt, dass er mich im Las Flores gesehen hat?«

Don Carlos lächelte überlegen.

»Das werde ich dir nicht sagen.«

Und dann:

»Ärgere dich nicht. Aber mach mir bitte den Gefallen, dich nicht mehr in solchen Lokalen herumzutreiben. Du hast keinen Grund, dich auf diese Weise zu exponieren. Du weißt, was für Leute dort verkehren. Oder hast du irgendein Problem mit deiner Frau?«

»Nein, überhaupt nicht.«

»Warum gehst du dann zu Huren?«

»Aus Neugierde.«

»Neugierde. Neugierde des Schwanzes«, brummte der Vater.

Am Morgen darauf rief Juan Luis Hasenohrs Mutter an, Doña Armanda Brera, deren Nummer er von der Frau in der Vermittlung ohne Schwierigkeiten bekommen hatte. Doña Armanda musste weit über achtzig sein, und ihre Stimme war sanft und gütig. Juan Luis erzählte ihr, dass er im Liceo Javier mit ihrem Sohn befreundet gewesen sei. Er habe viele Jahre lang im Ausland gelebt, sei aber jetzt nach Guatemala zurückgekehrt und würde die alten Freunde gern wieder sehen. Sie erzählte ihm, dass ihr Sohn seit Jahren in Salcajá zu Hause sei, in der Nähe von Quezaltenango, und sie gab ihm seine Telefonnummer und seine Adresse.

Am Nachmittag rief Juan Luis Hasenohr an.

»Hier Luna«, sagte er.

Einen Augenblick lang war Stille.

»Ah, ja.« Wieder Stille. »Juan Luis, stimmts? Wie hast du mich gefunden?«

Juan Luis zögerte kurz, ehe er sagte:

»Ich möchte mit dir reden. Ich glaube, du weißt worüber.«

»Worüber?«

Juan Luis spürte, wie ihm das Blut in den Kopf stieg, Wut kam in ihm hoch, und da war ein Zittern in seiner Stimme, als er sagte:

»Stell dich nicht dümmer, als du bist. Ich hab nicht speziell was gegen dich.« Er schwieg, und er hatte Angst, der andere werde einfach auflegen. »Du kannst Gift drauf nehmen. Aber ich will, dass du mir ein paar Dinge erklärst, hast du mich verstanden?«

Hasenohr antwortete endlich:

»Es war ein Wahnsinn, ehrlich. Verzeih.«

»Ja. Ein Wahnsinn.«

»Der Schreckliche ist auf die Idee gekommen. Aber den hats erwischt, das weißt du ja.«

»Wer hat ihn und den Tapir umgelegt?«

»Der Sepharde.«

»Weshalb?«

»Wegen dem Geld.«

»Nur wegen dem Geld?«

»Ja. Das Schwein hat alles eingesackt.«

»Und was ist aus dem geworden, den ihr Carlomagno genannt habt?«

Hasenohr lächelte hörbar.

»Untergetaucht. Weißt du, dass er dich umlegen sollte? Aber sicher hat er Schiss gekriegt. Oder du hast ihm Leid getan. Gott sei Dank.«

»Danke, dass du so ehrlich bist, Dreckskerl.«

»Ja, du. Und was willst du jetzt tun, wo du mich gefunden hast?«

»Ich weiß nicht.«

»Ich weiß nicht?« Hasenohr machte sich auf die für ihn typische Art über ihn lustig. »Du Waschlappen! Hast du nicht Lust, mir den Arsch aufzureißen?«

»Ehrlich gesagt, ja. Aber ich glaub nicht, dass es der Mühe wert ist.«

»Und sonst hast du mir nichts mehr zu sagen?«

»Nein, im Moment nicht.«

Die beiden hängten gleichzeitig auf.

Juan Luis stand langsam vom Telefontisch auf.

Er spürte in den Ohren das rhythmische Sausen des Blutes. Zwei ebenbürtige, aber einander ausschließende Gedanken gingen ihm abwechselnd durch den Kopf: Ich muss ihn töten … Ich darf ihn nicht töten … Er schüttelte den Kopf, als könnte er sie damit loswerden. Hasenohr war am Ende. Es lohnte sich nicht, sich wegen so einem mit Blut zu beflecken. Aber diese Überlegung bewirkte, dass er sich wie ein Feigling vorkam. Er fragte sich, was er tun sollte, wie er es vermeiden konnte, einen vorschnellen Entschluss zu fassen. Er war immer noch unschlüssig, als er in eine beige Strickweste schlüpfte, nach seinen Schlüsseln auf der Anrichte griff und die Wohnung verließ, um ins Theater zu fahren.

Juan Luis fuhr auf der Überholspur des Bulevar de los Próceres, und eine Weile fühlte er sich wie früher, vor vielen Jahren, in einen sonderbaren Gemütszustand versetzt, der je zur Hälfte aus Freude und aus Groll bestand. Er hielt vor einer Ampel und betrachtete die Wolkenbänke, die sich im Abendlicht in mehreren Rottönen über den bleiernen Vulkanen türmten. Das war eine Landschaft, die an einen gewaltsamen Tod denken ließ. Er konnte von den bewaffneten Männern ausgehen, die in dem Auto neben ihm saßen, oder von einem Spalt, der sich bei einem Erdbeben jäh unter seinen Füßen auftun würde.

An diesem Abend zeigten sie im Theater einen salvadorianischen Dokumentarfilm, der Ende der achtziger Jahre gedreht worden war. Don Carlos hatte die Programmvorschau gelesen und wegen dieses Streifens protestiert, dessen Titel – »Wer ist wer im Krieg und im Frieden« – ihm allzu provokant vorkam. »Jemand wird mitten in der Vorstellung eine Bombe hochgehen lassen«, sagte er mit besorgter Miene. »Ich kenne die Sitten hierzulande.« Aber Juan Luis hatte beschlossen, nicht zu streiten und im Übrigen das Programm durchzuziehen.

Nur fünf Personen kamen an diesem Abend zur Sieben-Uhr-Vorstellung.

»Sechs zu der um vier, und ich wette, bei der um neun bleiben wir auf allen Karten sitzen«, sagte Blanca Nieto, eine spanische Freundin, die seit kurzem in Guatemala lebte und Juan Luis' Mitarbeiterin geworden war. Abgesehen davon, dass sie den Presseversand machte und als Filmvorführerin arbeitete, sprang sie manchmal auch als Kartenverkäuferin ein. »Mann, ist das hier ein harter Boden. Ich hab die Programmankündigung an alle Zeitungen geschickt. Nur *La Nación* hat sie gedruckt, und das auch nur, weil ich dem Chefredakteur schöne Augen gemacht habe.«

Blanca hatte den Filmprojektor ausgeschaltet. Juan Luis half ihr über die hohen Stufen, die von der Vorführkabine in den Saal führten, denn sie war ziemlich klein.

Während sie durch den Mittelgang nach vorn gingen, sagte Blanca: »Ich glaube, wenn es so weitergeht, schließen wir das Theater und machen daraus ein Puff.« Sie kletterte auf die Bühne, die sehr geräumig war, und stemmte die Hände in die Hüften, ehe sie sagte: »Hier könnte man ja sogar tanzen, was?«

»Bis Jahresende halten wir noch durch, und wenn es sich dann immer noch nicht rentiert, lassen wir uns irgendwas einfallen. Einen Nachtclub, ein Puff, was immer.«

»Genau. Auch das ist Kultur.«

Juan Luis hatte das Bedürfnis, jemandem sein Herz auszuschütten. Die Geschichte mit Hasenohr konnte er Ana Lucía nicht erzählen, weil er es nicht wagte, ihr seine heimlichen Bordellbesuche zu beichten. Mit Blanca, dachte er in diesem Augenblick, wäre alles viel einfacher.

»Hast du schon was vor?« sagte er. »Komm doch mit ins Establo. Ich lade dich zum Essen ein.«

»Ich hab keinen Hunger. Aber einen Drink lass ich mir gern spendieren.«

Weil Dienstag war, hatten sich nur wenige Gäste in der Bar eingefunden. Sie setzten sich an die Theke, und Juan Luis bestellte zwei Cocktails. Blanca trommelte mit ihren zarten Fingern gegen die Verkleidung aus Kupferimitat und spielte mit den Schatten ihrer Hände und den Lichtreflexen. Die zwanzig Jahre alte Rockmusik verschluckte die Gespräche der Leute an den Tischen, und wer hören wollte, was der andere ihm sagte, musste sich vorbeugen und ein Ohr möglichst nahe an dessen Mund halten.

»Ich muss mit jemandem reden«, sagte Juan Luis.

»Und Ana Lucía?« Blanca schaute ihn an. Sie schien überrascht und geschmeichelt zu sein, aber in ihren Augen war auch echtes Interesse, Mitgefühl.

»Es ist ziemlich kompliziert. Aber ich nehme an, dass ich es ihr eines Tages erzählen werde.«

»Und worum geht es, kannst du es mir sagen?«

Blanca kannte einen Teil der Geschichte von der Entführung. Jetzt erzählte ihr Juan Luis, dass er vor etwa einem Monat einen seiner Entführer getroffen hatte, in einem Bordell.

»Bist du oft in solchen Lokalen zu finden?« Blanca schien enttäuscht zu sein.

»Nein. Aber Bars wie die hier kommen mir so langweilig vor. Die Leute …« Er schaute um sich. »Dort ist es manchmal viel amüsanter.«

»Ja, kann sein. Ich glaube, es geilt dich auch auf. Hast du denn nicht Angst, dir eine Krankheit zu holen?«

»Du stellst dir zu viel vor! Ich geh nur hin, um was zu trinken und um zu schauen.«

»Mit dem Schauen kommt der Appetit, Amigo.«

»Jedenfalls habe ich diesen Typen gesehen. Hasenohr, so nennen sie ihn. Er hat hier eine Narbe« – Juan Luis fuhr sich mit dem Finger über die Schläfe – »daran konnte ich ihn einwandfrei erkennen, eine Verwechslung ist also ausgeschlossen. Außerdem kannte ich ihn schon als Kind. Vor ein paar Tagen habe ich seine Mutter angerufen, damit sie mir die Telefonnummer gibt. Ich hab ihr natürlich nicht gesagt, wer ich bin. Sie hat mir auch wirklich seine Nummer gegeben, und ich hab ihn angerufen.«

»Und?«

»Du wirst mir nicht glauben, aber er hat mich gefragt, ob ich nicht Lust habe, ihm den Arsch aufzureißen. Wörtlich.«

»Und was hast du geantwortet?«

»Ich hab nein gesagt.«

»Das war sehr anständig von dir«, sagte Blanca ohne Sarkasmus. Einen Moment lang schaute sie auf den Schuh von Juan Luis, der seine Fußprothese verbarg. »Oder vielleicht hat dich der Mut verlassen.«

»Ich weiß nicht. Ich hab schon alles Mögliche gedacht. Mir ist unklar, was ich tun soll.«

»Eine steile Geschichte«, sagte Blanca. »Das heißt, dass jetzt du dich verfolgt fühlst, und nicht sie.«

»Schwer zu sagen, was sie denken. Sie können nicht wissen, dass ich sie zufällig gefunden habe.«

»Und die Polizei?«

»Nein danke. Ich will nicht noch mehr Scherereien.«

»Da hast du Recht.«

Juan Luis nippte an seinem Cocktail.

Ein paar Wochen später hatte er einen Vorwand, um nach Quezaltenango zu fahren. Auf Initiative seines Theaters hatte das kubanische Filminstitut eine Auswahl karibischer Filme nach Guatemala geschickt, und Blanca war mit dem Leiter des Teatro Colón in Xela übereingekommen, diese Filme mit einem Zyklus von Filmen aus Chiapas auszutauschen. Das einzige Problem bestand darin, dass die Filme drei Tage nach ihrer Vorführung in der Hauptstadt als Diplomatengepäck nach Kuba zurückgehen mussten, und aufgrund der Vertragsbestimmungen war es unmöglich, den Transport der Filmrollen innerhalb Guatemalas der gewöhnlichen Post oder dem Gütertransport einer Buslinie anzuvertrauen. Deshalb erklärte sich Juan Luis bereit, sie persönlich zu überbringen.

Er würde ein langes Wochenende in Quezaltenango verbringen. Ana Lucía würde nicht mitkommen, denn ein Freund aus New York war zu Besuch in Guatemala, und sie hatte versprochen, ihn an diesem Wochenende nach Tikal zu begleiten.

Also standen sie an diesem Freitag um zwei Uhr früh auf. Draußen war es noch dunkel, Hunde bellten und Hähne krähten. Juan Luis verstaute die Koffer im Auto, dann holten sie Gregory Hill, den Freund aus New York, im Hotel Conquistador ab. Sie verabschiedeten sich in der Abflughalle voneinander, vor dem Schalter von Tikaljets, nachdem sie vereinbart hatten, dass Juan Luis sie nach seiner Rückkehr aus Quezaltenango, am Montagmittag, abholen würde.

Gregory – mit dem sich Ana Lucía vor fast zehn Jahren in New York angefreundet hatte – war homosexuell, so dass sich Juan Luis weiters keine Gedanken machte. Aber er wusste, dass Ana Lucía wegen ihm besorgt war; sie vermutete, dass Juan Luis in Quezaltenango jemanden treffen werde, und sie nahm an, es handelte sich um eine Geliebte. Trotzdem hatte sie weiters keine Fragen gestellt. Als sie sich zum Abschied umarmten, sagte sie nur:

»Und mach mir keine Schande, hörst du?«

»Ja, ja. Du mir auch nicht.«

Es wäre angenehmer gewesen, in einem Auto mit mechanischem Getriebe über das Hochland nach Xelajú zu fahren, aber vor über einem Jahr hatte der Beinstumpf angefangen, beim Schalten zu schmerzen, und deshalb hatte sich Juan Luis ein Auto mit Automatik zugelegt. Er fuhr schnell, als würde in der Provinzstadt tatsächlich eine Geliebte auf ihn warten, und empfand dabei ein körperliches Wohlbehagen, auch wenn er wegen der Automatik Mühe hatte, andere Fahrzeuge auf den Steigungen zu überholen. Aber zu dieser Stunde war nur wenig Verkehr. Die Lastwagen hatten noch die Scheinwerfer eingeschaltet, und vom schwarzen Asphalt stieg ein milchiger Dunst auf, der Juan Luis das Gefühl gab, auf Watte zu fahren. Der Fahrtwind, der durch das offene Seitenfenster blies, zerzauste ihm das Haar, und er war euphorisch gestimmt, fröhlich, beinahe außer sich. Ihm war klar, dass er nicht nur deshalb unterwegs war, weil er ein paar Zelluloidrollen abzugeben hatte, auf deren Bildern Tänzerinnen zu sehen waren, das Gesicht von Fidel, Aidskranke, die in den für sie errichteten Lagern allmählich zugrunde gingen, Schwarze, die afrikanischen Gottheiten Opfer darbrachten; er fuhr nach Quezaltenango, um Hasenohr Brera zu treffen.

Die Vulkane – der Agua, der Fuego, der Acatenango, der Atitlán – ließen sich an einer Kurve, an der Juan Luis zum Wasserlassen anhielt, mit einem Blick erfassen. Der Himmel war blassblau, und die Wolken, die riesigen Fischschuppen glichen, wiesen noch eine schwach rosarote Färbung auf.

Eine israelische Firma hatte diesen Abschnitt der Panamericana instand gesetzt, auf der Juan Luis mit hundertzwanzig Stundenkilometern einer Geliebten entgegenfuhr, die nur in der Vorstellung von Ana Lucía existierte. Die Israelis hatten eine hervorragende Arbeit geleistet, dachte er; die Reifen schienen über dem Belag zu schweben, die Überhöhungen erlaubten es ihm, die Kurven mit hoher Geschwindigkeit zu nehmen, und er fühlte sich so sicher wie im Innern eines Tunnels. Eine Schar Geier stieg auf, als das Auto in eine Haarnadelkurve einfuhr, und Juan Luis nahm im Augenwinkel den zerfressenen Kadaver eines Pferdes wahr. Auf dem Asphalt war ein Blutfleck zurückgeblieben, den die Reifenspuren in ein längliches Gebilde, eine Art Pinselstrich, verwandelt hatten.

Er näherte sich einem anderen menschlichen Wesen. Ein Spiegel würde einem zweiten Spiegel gegenübergestellt werden. Das wäre der Beginn einer rituellen Wiederholung von Bild und Gegenbild, die nur die Oberfläche preisgaben und zugleich in die Tiefe gingen, immer kleiner und immer weiter voneinander entfernt, bis sie schließlich irgendwo versanken. Trostlos.

Wie es manchmal geschieht, wenn jemandem solche Überlegungen durch den Kopf gehen, hielt sich Juan Luis für den Helden einer einzigartigen Geschichte, die nur ihm zustoßen konnte, und dieser Glaube befreite ihn von einem unklaren Gefühl der Beklommenheit; es war, als würde allein schon die Handlung der Geschichte seine unbedeutende Existenz rechtfertigen.

Hinter Katok – einem niedergebrannten Restaurant, wo der Wind die Kiefernäste peitschte und Plastiksäcke durch die Luft wirbelte – zündete er sich einen Joint an und legte eine Kassette mit Rap ein. Das Licht hatte gewechselt; die Sonne begann zu wärmen, färbte die Gipfel der Berge gelb und blendete Juan Luis, der sich eine Brille mit getönten Gläsern aufsetzte.

Verschiedene Dinge gingen ihm wahllos durch den Kopf: der Tiergeruch der Schonbezüge, das Heroin in Anna Kavans Romanen, die Art, in der seine Augen die weißen und gelben Leitlinien bei dieser hohen Geschwindigkeit wahrnahmen …

Auf einer öden Anhöhe brachte der Wind die Telegraphendrähte zum Singen. Ein Indio, der einen Tisch aus Kiefernholz mit Hilfe seines Stirnbands auf dem Rücken trug, trottete am Straßenrand dahin, hinter ihm ein Kind und ein schwarzer Hund, und die Grashalme glänzten in der Sonne wie kleine Säbel.

Endlich war das Tal von Xelajú auszumachen, blau und weit und an den Rändern leicht gewölbt. Hier wiesen die Vulkane nicht schroff in den Himmel, sondern zeichneten sich diskret in der Ferne ab: der Santa María mit seiner weißen Nebelkrone und der kleine hässliche Santiaguito.

Die Stadt Quezaltenango hatte sich in die Ebene ausgedehnt, aber die Altstadt war noch so wie vor dreißig Jahren, als Juan Luis sie zum ersten Mal gesehen hatte. Auch in der Pension Bonifaz schien die Zeit stehen geblieben zu sein. Ein indianisches Hausmädchen führte Juan Luis auf sein Zimmer, dessen Fenster in einen der Innenhöfe hinausgingen. Sie zeigte ihm das Badezimmer und den Schrank, in dem die Handtücher lagen, und Juan Luis gab ihr ein Trinkgeld.

Er stellte den Koffer mit den Filmrollen auf den Schreibtisch neben dem Bett, ging ins Bad und wusch sich Hände und Gesicht. Er schaute in den Spiegel und rief sich Hasenohrs Gesicht in Erinnerung. Dann setzte er sich auf den Bettrand, zog sein Adressbuch aus der Brusttasche, nahm den Hörer ab und wählte.

»Hasenohr? Hier Juan Luis.«

»Ah, du. Wie gehts dir?«

Seine Stimme war die eines müden, bedrückten Menschen, und Juan Luis fühlte auf einmal so etwas wie Mitleid.

»Gut, und dir?«

»So halbwegs.« Er lachte. »Womit kann ich dienen?«

»Ich bin in Xela. Ich würde dich gern treffen.«

Hasenohr hustete.

»Mich treffen? Wozu?«

Juan Luis antwortete sofort:

»Ich will reden, das ist alles. Es gibt Fragen, die ich mir in all den Jahren gestellt habe, und ich glaube, du kannst einige von ihnen beantworten.«

»Du bist Schriftsteller geworden, hab ich Recht? Arbeitest du gerade an einem Buch?«

Juan Luis lachte.

»Nein«, sagte er. »Ich bin in der Pension Bonifaz. Kannst du herkommen?«

»Schwer. Ich hab kein Auto, und ehrlich gesagt hab ich keine Lust, einen Bus zu nehmen. Komm du zu mir, wenn du willst. Dann lernst du auch gleich meine Frau kennen.«

»Du bist verheiratet?«

»Ja. Wir haben schon zwei Jungen. Der eine ist fünf, der andere drei.«

»Das hab ich nicht gewusst. Gib mir deine Adresse.« Juan Luis betrachtete den Schuh mit der Prothese.

»Kennst du die Straße nach Cantel? Unser Haus ist das letzte vor der Kreuzung. Es ist ein Kolonialbau, grüne Fassade, schwarze Tür. Du kannst es nicht verfehlen. Was sagst du? Morgen Nachmittag?«

Es war zu einfach gewesen, sagte sich Juan Luis, während er mit dem schweren Koffer den Platz hinunter zum Teatro Colón ging. Sein Gespräch mit Hasenohr war wie das zwischen zwei alten Bekannten verlaufen, die sich zufällig in einer fremden Stadt getroffen haben. Er empfand nur Neugierde und ein natürliches Misstrauen. Möglich, dass Hasenohr ihn zu sich nach Hause eingeladen hatte, weil er ihn dort umbringen wollte. Aber selbst dann würde er hinfahren.

Der Direktor des Teatro Colón war nicht da, so dass Juan Luis die Filmrollen dem Vorführer überlassen musste, von dem er sich eine Empfangsbestätigung geben ließ.

»Ich werde sie am Sonntag nach der Nachmittagsvorstellung abholen.«

Der Filmvorführer sagte, dass er selbst am Sonntag nicht da sein werde, wohl aber sein Kollege.

»Geben Sie gut Acht«, sagte Juan Luis, bevor er sich verabschiedete. »Die Kopien sind praktisch neu.«

»Keine Sorge.«

Am Nachmittag, nach dem Essen, ging Juan Luis zum Lesen auf sein Zimmer. Er zog die Vorhänge zu, damit ihm die Sonne nicht ins Gesicht schien, knipste die Nachttischlampe an, schob zwei Kissen ans Kopfende des Bettes und schlüpfte unter die Decke.

Er las ein Dutzend Gedichte, dann schlief er ein.

Er träumte, dass er auf dem Gut war, das sein Vater vor Jahren im Petén besessen hatte, und in einem von Alligatoren verseuchten Fluss schwamm; er träumte von einer Stadt, die einer Mischung aus New York und Guatemala glich; er träumte von einer schäbigen Kammer, in der Ana Lucía und er es in Gegenwart seines Vaters und einer schönen fremden Frau miteinander trieben. Er erwachte mit erigiertem Glied, stand auf und ging ins Badezimmer. Seine Stirn war schweißnass. Er wusch sich wieder das Gesicht, setzte sich auf die Klomuschel und befestigte die Prothese an seinem Beinstumpf. Mit einem metallischen Klicken, das vom Strumpf gedämpft wurde, stand er auf und zog sich die Hose an. Er hob den Saum des linken Hosenbeins, um einmal mehr seinen künstlichen Fuß zu betrachten, der ihm selbst nach so vielen Jahren nicht ganz vertraut geworden war.

Es war vier Uhr, als er zu einem Spaziergang durch den Park aufbrach. Ihn verblüffte die Tatsache, dass der Stock, im Gegensatz zum Fuß, längst zu einem Teil seiner selbst geworden war. Er besaß drei Stöcke, aber das hatte weiters keine Bedeutung. Alle drei waren *sein* Stock.

Sein diskretes Hinken war ihm nicht unangenehm; er wusste, dass es ihm eine gewisse Würde verlieh. Mehr als eines der Mädchen, die im Park spazieren gingen, schaute ihm nach, und auch er drehte mehr als einmal den Kopf und schenkte ihnen ein freundliches, fast väterliches Lächeln. Er fühlte sich so, wie sich seiner Meinung nach manche Geisteskranke fühlen, fern allem Geschehen, aber das hinderte ihn nicht, die Gesichter der anderen Spaziergänger mit Interesse zu betrachten. Gelegentlich wirbelte der Wind welke Blätter und Papierfetzen durch die Luft, und er sah ihnen zu, bis sie wieder zu Boden fielen.

Mit seinem Stock spießte er ein Zeitungsblatt auf, das wie ein Rochen über den Gehsteig geschliddert war. Nachdem er mit seinem Fuß – dem gesunden, der ihm geblieben war – daraufgetreten war, zog er den Stock aus dem Papier, und der Wind wehte es wieder vor ihm her. Juan Luis überquerte die Straße, dann bog er zur Pension ein, trat aber nicht in die Diele, sondern folgte dem schmalen Weg, der zum Parkplatz auf der Rückseite des Gebäudes führte. Er ging zu seinem Auto, öffnete die Tür, legte den Stock auf den Boden, vor dem Sitz, und setzte sich hinter das Steuer. Langsam fuhr er die Straße hinunter, kreiste einmal um den Platz und schlug die Richtung nach Salcajá ein.

Die ganze Strecke lang behielt er das gemächliche Tempo bei. Die letzten Sonnenstrahlen spiegelten sich in den Fenstern der Häuser am Stadtrand von Quezaltenango, ein alter Mann lag rücklings neben der Straße, und ein Stück weiter vorne liefen ein paar Kinder hinter einem Kalb her.

In Salcajá hielt er an einer Ecke und wollte einen Mann nach der Ausfahrtstraße nach Cantel fragen, aber als sich der Mann nach ihm umdrehte, merkte Juan Luis, dass er völlig betrunken war. Ein paar Straßen weiter sah er ein handgemachtes Schild mit einem schwarzen, nach rechts weisenden Pfeil mit der Aufschrift Cantel. Er blieb vor dem grünen, ansehnlich wirkenden Haus stehen, das ihm Hasenohr beschrieben hatte, und stellte den Motor ab.

Er drehte das Fenster herunter und horchte. Es war nichts zu hören. Juan Luis hatte keine Angst, aber er war nervös. Wie ein Angestellter, der gleich eine Unterredung mit seinem neuen Chef hat, dachte er. Es war absurd. Er hupte dreimal.

Hasenohr erschien in der Tür, durchquerte den schmalen Vorgarten und öffnete das Tor.

»Willst du das Auto nicht in die Einfahrt stellen?« fragte er. Er schaute Juan Luis fest in die Augen, mit einem gespielt freimütigen Gesichtsausdruck. Die Narbe war tief, entstellte ihn aber nicht wirklich; das Mal, eine farblose Linie, unterschied sich kaum von den anderen Falten in seinem Gesicht.

Juan Luis musste am Lenkrad kurbeln und den Rückwärtsgang einlegen, um das Auto in der Einfahrt abstellen zu können. Er parkte vor dem Haus und stieg aus. Hasenohr schloss das Tor, dann kam er mit ausgestreckter Hand und mit einem versöhnlichen Lächeln auf ihn zu. Juan Luis nahm den Stock in die andere Hand und nickte kurz.

»Zuerst reden wir«, sagte er ernst.

Hasenohr fühlte sich durch diese Geste gekränkt, und er verbarg es auch nicht. Seine Oberlippe, zart und rosa, zitterte ganz leicht. Aber seine Stimme war sanft, als er sagte:

»Kommst du mit rein, oder sollen wir hier reden?«

»Gehen wir rein«, antwortete Juan Luis, und Hasenohr wandte sich zur Tür.

Als er ihn vor sich gehen sah, spürte Juan Luis so etwas wie ein Kribbeln in seinem Arm, und er unterdrückte das Verlangen, dem andern mit dem Stock in den Nacken zu schlagen.

Sie schritten durch ein kleines Vorzimmer, das mit Blumentöpfen vollgestellt war. Die Blumen und Pflanzen darin, deren Blätter gut gewachst waren, verliehen dem Haus – wie Juan Luis erneut feststellte – ein durchaus respektables Ambiente. Im Wohnzimmer setzten sie sich in zwei zueinander passende Armstühle, zwischen denen ein niederer Tisch stand. Aus der Küche war Plätschern zu hören, jemand spülte Teller.

»Das Dienstmädchen«, sagte Hasenohr. »Es versteht kaum ein Wort Spanisch.«

»Deine Frau ist nicht da?«

»Nein. Sie ist mit den Jungen die Großeltern besuchen gegangen, die übers Wochenende im Kurhotel von Aguas Georginas abgestiegen sind. Ein unerwarteter Besuch.« Er lächelte.

Juan Luis hatte den Stock quer über die Armlehnen seines Ledersessels gelegt.

»Ich will, dass du mir sagst, wie alles passiert ist«, sagte er. »Wer ist auf die Idee gekommen? Warum habt ihr gerade mich ausgesucht?«

Hasenohr sah ihn mit einem verständnisvollen, fast mitfühlenden Blick an. Er schüttelte leicht den Kopf, dann sagte er:

»Es war Wahnsinn.«

»Ja. Aber von wem?«

»Von allen!«

»Jemand muss meinen Namen ins Spiel gebracht haben.«

»Es sind mehrere Namen gefallen. Ich erinnere mich kaum noch, welche.«

»Wer hat mich vorgeschlagen?«

»Ich bin mir nicht sicher. Aber was solls, so lange danach? Ich bin es jedenfalls nicht gewesen.«

»Hättet ihr mich freigelassen, wenn ihr an das Lösegeld gekommen wärt?«

Hasenohr faltete die Hände, wie jemand, der gleich zu beten anfängt, dann schüttelte er den Kopf, wobei er Juan Luis nicht aus den Augen ließ.

»Dreckskerle«, sagte Juan Luis.

Hasenohr rührte sich nicht. Er schien entschlossen zu sein, sich töten zu lassen. Es war, als wäre ihm alles einerlei, als stünde er jenseits von Gut und Böse, sogar jenseits des Lebens, und das machte Juan Luis wütend.

»Wer ist auf die Idee gekommen, mich zu verstümmeln?« fragte er.

»Der Schreckliche.«

»Wer hat mir den Fuß abgesägt?«

»Der Sepharde.« Juan Luis rutschte in seinem Armstuhl ein wenig nach vorn. Hasenohr fuhr fort: »Zur Ehre dieses Schurken muss ich sagen, dass er fast mit nichts einverstanden war, weder damit, dass wir dich entführen, weil du uns ja gekannt hast, noch damit, dass wir dir etwas abschneiden, noch damit, dass wir uns nicht an das Abkommen halten. Die Sache ist die: du warst am einfachsten zu kriegen, und da wir keine Experten waren ... mit Ausnahme des Sepharden natürlich. Außerdem, du weißt, dass der Tapir eine Stinkwut auf dich hatte, seit damals, als du ihn in der Schule vermöbelt hast.« Er lächelte. »Er war verrückt, richtig verrückt, der Scheißkerl. Gut. Was willst du noch wissen. Der Sepharde hat praktisch alles im Alleingang gemacht. Vielleicht hätte ich an seiner Stelle dann genauso gehandelt.«

Juan Luis dachte an das Montecarlo. Zwei Leben für seinen Fuß, das war die Sache nicht wert.

»Hast du nie mehr was von ihm gehört?« fragte er.

»Nichts.« Hasenohr schüttelte den Kopf.

»Warum bist gerade du mit dem Leben davongekommen?«

»Ich hatte Glück, vielleicht hab ich auch ein bisschen besser aufgepasst. Die anderen zwei haben es nicht mal bis ins Krankenhaus geschafft. Dem Tapir, der vorn neben mir saß, ist praktisch der Kopf abgerissen worden. Der Schreckliche hat etwas länger durchgehalten und auch etwas länger gelitten. Die Splitter haben sich bis in sein Gehirn gebohrt.«

»Deine Eltern wissen davon?«

Hasenohrs Gesicht verzerrte sich; es war offensichtlich, dass ihn allein schon der Gedanke daran entsetzte.

»Nein. Gott sei Dank haben sie nichts mitbekommen. Sie glauben, ich hatte nur einen Unfall. Nach drei Monaten bin ich aus dem Krankenhaus entlassen worden. Ich schwör dir, ich hab mich gefühlt wie neugeboren. Ich weiß nicht, was in mir vorgegangen ist. Wie wenn die Granate etwas in meinem Hirn ausgelöscht hätte, die Stelle mit meinen schlechten Gedanken. Unglaublich, was. Aber bei Gott, so wars. Ich bin zum ruhigsten Menschen auf Erden geworden.«

Er ist ein Feigling und ein Heuchler, wie es im Lied heißt, dachte Juan Luis.

»Und der andere, den ihr Carlomagno genannt habt?«

Hasenohr kniff einen Augenblick lang die Augen zusammen.

»Den hab ich aus den Augen verloren. Ich bin froh, dass er dich nicht umgelegt hat. Vielleicht hat er mit dem Sepharden unter einer Decke gesteckt. Aber ich bezweifle es. Ich denk nie mehr an die Sache. Seit ich meine Frau kennen gelernt habe, habe ich nach und nach alles vergessen.«

»Ehe wir das Thema wechseln: Wer hat die Entführung organisiert?«

Hasenohr schluckte, dann gestand er:

»Meine Wenigkeit.«

Sie schwiegen eine Weile.

Juan Luis drehte seinen Stock, der immer noch vor ihm lag, quer über den Armlehnen. Beim Sepharden war er sich nicht ganz sicher gewesen, aber das hier war was anderes.

»Willst du noch was trinken?« fragte Hasenohr.

»Nein.« Er stellte den Stock auf den Boden, stand auf und blickte um sich. Er ging um den Tisch herum, am andern vorbei, aber er hob nicht den Stock, um ihn zu schlagen.

Er hörte, wie Hasenohr hinter ihm aufstand. In einem Regal aus dunklem Holz stand ein Foto in einem vergoldeten, barocken Rahmen, das seine Aufmerksamkeit erregte: ein nacktes Baby saß im dunklen Sand eines Strandes irgendwo am Pazifik. Es war mager und hatte große Ohren. Zweifellos war das eins von Hasenohrs Kindern. Seltsamerweise war sich Juan Luis in diesem Augenblick sicher, dass er keine Nachkommenschaft haben wollte, und ihm war, als hätte sein Entschluss damit zu tun, dass er jetzt, da er sie hätte nehmen können, nur ein allzu schwaches Verlangen nach Rache fühlte.

Ohne sich noch einmal umzudrehen, ging er weiter, trat ins Freie und schloss die Tür hinter sich.

Am Sonntagmorgen war der Himmel bewölkt.

Juan Luis bestellte das Frühstück auf sein Zimmer, dann schickte er den Kellner um Zigaretten. Er blieb noch ein paar Stunden lang liegen, dachte an Ana Lucía und nahm einen Band mit Essays britischer Autoren zur Hand. Nach dem Duschen legte er sich wieder ins Bett, denn es war kalt, und las ein paar Verse. Plötzlich bekam er Lust, etwas zu schreiben. Er holte ein Heft, das auf dem Schreibtisch lag, und schlug es auf. Er wusste nicht, was er schreiben würde, aber sein Kopf war nicht leer. Er fühlte sich nicht mehr wie ein Feigling. Allerdings machte ihm das leere Blatt Papier etwas Angst.

Er schrieb zwei Sätze, die er sofort wieder durchstrich.

Er begann von neuem zu schreiben:

Er ging langsam den Weg nach unten. Auf dem Boden lag ein Sterbender, mit verdrehten Augen und fahler Haut, der eine Hand nach ihm ausstreckte. Ehe er das Haus erreichte, musste er an zwei Hunden vorübergehen, die sich anscheinend verlaufen hatten, und eine tote Ratte ...

Später suchte er den grauen Platz von Quezaltenango auf, über dem ein kalter, sehr feiner Sprühregen niederging. Er drehte eine halbe Runde und kehrte zur Pension zurück, die er durch die Tür des Restaurants betrat.

Am Nachmittag klarte es auf, und Juan Luis streifte ziellos durch die Gassen der Altstadt. Um sechs klopfte er an den Hintereingang des Teatro Colón. Er sah die letzten Einstellungen eines Films, der in Havanna gedreht worden war, rauchte mit dem Vorführer eine Zigarette, während er den Film zurückspulte, dann trug er den Koffer zurück in die Pension.

Alles war gut.

Etwa um halb acht ging er zum Abendessen hinunter ins Restaurant.

Vor wie vielen Stunden war er bei Hasenohr gewesen? Er zählte sie, aber ihm war, als hätte die Begegnung schon vor vielen Jahren stattgefunden. Sie war nicht wichtig; deshalb war alles gut. Als er wieder auf seinem Zimmer war, zog er sich aus, ging zu Bett, rauchte noch eine Zigarette und schlief ein.

Tags darauf, um halb zwölf, landete das kleine Flugzeug der Tikaljets auf dem Flugplatz La Aurora, und fünf

Minuten später umarmten sich Juan Luis und Ana Lucía im Hangar.

Greg hatte im letzten Moment beschlossen, nicht nach Guatemala-Stadt zu fliegen, sondern seine Reise nach Mexiko über Mérida fortzusetzen, bevor er nach New York zurückkehren wollte. Am frühen Morgen hatte er ein Flugzeug nach Cozumel genommen.

»He's so weird«, sagte Ana Lucía leise, als sie schon im Auto saßen.

»Weshalb sagst du das?«

Sie lächelte verschmitzt.

»Seit wir ins Flugzeug gestiegen sind, hat er versucht, mich zu verführen. Hättest du das für möglich gehalten?«

Juan Luis erlitt einen Anfall verspäteter Eifersucht.

»Und ob! Du bist einfach zu attraktiv.«

Ana Lucía lachte vergnügt.

»Es hat mir geschmeichelt, ich will es nicht leugnen.«

»Und?«

»Nein, es ist nichts passiert.«

Beim Obelisken war der Verkehr zum Stehen gekommen, weil eine Ampel ausgefallen war.

»Ich wär gern wieder in Tanger«, sagte Juan Luis.

Ana Lucía schaute ihn mit einem strahlenden Lächeln an.

»Wirklich? Ich hab eben dasselbe gedacht.«

Ein bettelndes Mädchen klopfte an das Seitenfenster

auf Juan Luis' Seite. In ihrer schmutzigen kleinen Hand hielt sie die Knospe einer roten Rose.

»Für die Señora, bitte, kaufen Sie eine Rose.«

Juan Luis gab ihr einen Quetzal, nahm die Knospe aber nicht an.

Als sie in der Wohnung waren, holte er eine Flasche Bier aus dem Kühlschrank, schenkte ein und ging mit den beiden Gläsern ins Esszimmer, wo sie im Stehen tranken. Er leerte sein Glas mit einem tiefen Schluck, wischte sich die Lippen mit dem Handrücken ab, und dann küsste sie ihn.

Sie küssten sich eine ganze Weile lang, ehe ihre Finger sich voll Ungeduld an den Knöpfen zu schaffen machten.

»Du bist schon ganz scharf«, flüsterte Ana Lucía. »Komm.«

Sie führte ihn durch den Flur in das Teppichzimmer, das mit einem farbenprächtigen Baldachin aus Marokko geschmückt und bis auf eine Matratze und ein paar Kissen leer war.

»Du hast mir in den zwei Tagen sehr gefehlt«, sagte sie.

»Es waren drei.«

»Dann drei.«

Plötzlich stürzte ein verworrener Gedanke auf ihn ein, aber Ana Lucía wollte nichts davon wissen. Nackt, im Stehen, dann im Liegen liebkosten sie einander fast wortlos.

Als sie auf dem Höhepunkt waren, schlüpfte er aus ihr heraus, um seinen Samen auf dem weichen Bauch mit den vielen feinen Härchen zu vergießen, denn es war ein gefährlicher Tag, und er wollte keine Kinder haben – dessen war er sich sicher. Langsam verstrich er die weiße, klebrige, trübe Substanz zu einem Kreis rund um ihren Nabel.